Inuake & Haru
「小説家先生の犬と春」

小説家先生の犬と春

砂原糖子

キャラ文庫

この作品はフィクションです。
実在の人物・団体・事件などにはいっさい関係ありません。

目次

口絵・本文イラスト／笠井あゆみ

小説家先生の犬と春

『犬明《いぬあけ》先生はいつも仕事が早くて助かります！』

カフェのテラス席で、犬明昇《のぼる》はスマートフォン越しの女性編集者の声に苦笑いを浮かべた。

利き手の右手を負傷し、次の原稿の取りかかりが遅れると知らせた返事がこれだったからだ。

仕事は文筆業。若者の活字離れや趣味の多様化などどこ吹く風、出せば確実に売れ、ヒットも望める『犬明昇』は貴重な小説家だ。依頼は基本的に断らないスタンスのため、スケジュールは年中隙間なく埋まっている。

三十を過ぎたばかりと業界ではまだまだ若手だが、作家歴は十年あまりになる。

きっかけは大学時代に書いた小論文だった。

文学作品と飲料文化の関係性について、個人的な体験を盛り込みつつ書いたところ、偶然目にした教授の知人の編集者から『ライターをやらないか』と声をかけられた。エッセイ調の演出が読みやすく、面白かったらしい。

アルバイトで書き始めた記事は反響を呼び、媒体もＷＥＢから雑誌へ。コラムはいつしか小説へと形を変えて、デビューしたのは大学卒業前だった。

今もジャンルに拘《こだわ》りはなく、エンタメの括《くく》りであればなんでも書く。メディア映えのするルックスも、各所で重宝された。背の高い爽やかな美男だ。ハンサムという言葉がしっくりくる上、外向的な性格で、宣伝のためのテレビ出演やモデル紛《まが》いの仕事も嫌がらない。

そして、なにより原稿が早かった。

ところによっては都市伝説、締切を守る作家を希少生物のようにありがたがる編集部も存在する中で、ただの一度も遅れたことがない。売り上げは人一倍……いや、十倍も百倍も出す犬明は誰の目にもデキる男だった。

怪我《けが》で遅れると言ったところで、問題にもならないらしい。良く言えば……いや、悪い意味などあるはずもなく、信頼が厚いということだろう。

『では、今月下旬くらいの予定で考えておきますね！』

担当の編集者は焦りも苛立《いらだ》ちも微塵《みじん》も感じさせず、いつもどおりの明るく弾む声だ。

『それと、「ハイウェイ・メソッド」が今月も好調で、重版のご報告をしようと思っていたところなんです。これでメソッドシリーズの累計が二百万部を超えましたよ！』

「そうですか、ありがとうございます。嬉《うれ》しいな、内藤《ないとう》さんのおかげで続いているようなものです」

『そんな、私は特別なことはなにも……』

「一番の読者は内藤さんでしょ。どんなときも最初に読んでくれるあなたに、僕は面白いと思ってもらいたくて頑張れるんです」

電話の向こうでは、はにかんだ気配がした。

『私も先生のファンの端くれですから、そういう意味では一番の読者で間違いないですね。新章の構想も伺うのを楽しみにしてます。あっ、次の打ち合わせはお食事がてらどうでしょう？素敵なイタリアンレストランを見つけたんですよ。お時間ありましたらぜひ！』

「イタリアンか、いいですね。じゃあ、今回の原稿が終わった後にでも。楽しみだな」

犬明は調子を合わせ、声を輝かせる。

反応の良さは、なにも女性相手に限ったものではない。老若男女問わず。サービス精神の旺盛な博愛主義者だ。たとえ担当編集者が男でも、使えない新人でも、なんだろうと優しい。

作家には気難しいタイプもいて、ヘソを曲げると原稿を書かなかったり書けなくなったりとサボり癖のある……いや、繊細な小説家先生もいるが、犬明は真逆だった。

ギスギスしたところで得るものはない。面倒を自ら生んで撒《ま》き散らすなど理解できないし、ゴメンだ。

愛想一つで双方が気持ちよくなれ、仕事が円滑に進むなら惜しむものではないだろう。

「では、原稿は下旬に」

合理性やスマートさを愛する犬明は軽やかに話を終え、スマホを操作しようとして右手のギプスを思い出した。かろうじて出ている指先で、ぎこちなく画面にタッチする。

怪我の原因は、執筆作業で宿泊した奥鬼怒《おくきぬ》の温泉旅館で、雨に濡《ぬ》れた石畳に滑って転んでついた手を捻《ひね》ったという、犬明らしくもない間抜けな理由だ。

幸い捻挫ですんだものの、靭帯《じんたい》の損傷がひどく不自由なギプス生活を強いられている。ほとんど左手のみのタイピングでは執筆もままならず、今朝まで書いていた神楽坂《かぐらざか》出版の文芸誌『モザイク』の原稿は実のところ半分落とした。

そう、犬明昇が締切を厳守し、一度たりとも原稿を落とさずにいたのは、もはや過去の話。前後編という形でどうにか体裁は保ってもらったものの、作家生活始まって以来の不本意な事態に違いない。

——やっぱり笑っていられる状況でもないか。

零《こぼ》した溜《た》め息《いき》は、素早く風にかき消される。

午後でも、まだ暖かいとは言いがたい三月上旬。カフェのテラス席は、ほかに一組のカップルが端にいるだけだ。周辺はランドマークのように聳《そび》える高層マンションの目立つ住宅街で、整い過ぎたきらいさえある街並みが広がる。

通りにはブティックや洒落《しゃれ》たレストランが並んでいるが、混雑するほどの人通りはなく、車道を走る車の姿は疎《まば》らだ。

プロット作業のために開いたメモ帳へ意識を戻そうとすると、スプリングコート姿の若い女性がすっと近づいてきた。

「あのっ、小説家の犬明昇先生ですよね？」

「……はい」

「すみません、大ファンなんですっ！　サインをお願いできますかっ？」

女性は声を上擦らせて言った。

顔出しの仕事も受けており、特に変装もしないので声をかけられることは珍しくない。普段ならタレントのようにサラサラとどこへでもサインをする犬明は、戸惑いつつ微笑《ほほえ》む。

「サインっぽいものでも構わないなら」

「え？」

「今は手がこれでね。まともな字は書けそうにないんだ」

右手を掲げ見せれば、コートの袖から覗《のぞ》くギプスに、女性は『あっ』と驚きの表情に変わる。

「ケガをなさってるんですか⁉　大丈夫ですか？」

「大したケガじゃないんだ。ありがとう、すぐに治るよ」

サインはどんな字でも構わないと彼女は言い、肩に下げたトートバッグからいそいそと本を取り出した。

発売したばかりの自著だ。持ち歩くには適さないハードカバーの四六判で、どうやらファンというのは本当らしい。

「家で読むだけじゃ我慢できなくて！　前回失踪したままのブレスが戻ってくるって知って、発売をすごく楽しみにしていたんです！」

架空のキャラについて、まるで生きた者のように熱く語ってくれる。ギプスの右手でペンを走らせる犬明は、開いた本に目線を落としつつも、頭上で響く女性の声はしっかりと聞いていた。

饒舌《じょうぜつ》に語りながら、緊張に微《かす》かに震えるその声。

顔を起こすと、本を返しながら微笑みかけた。

「次はちゃんとしたサインをするよ」

「え……」

「また見かけたときに声をかけてもらえれば」

意味を理解した彼女の表情は、見る見るうちに喜びに綻んでいく。

「いいんですか？　ありがとうございます！」

ファンの女性の興奮に同調するように、丸いテーブルの下では、ふさふさとした豊かな毛並みのしっぽが揺れた。絶妙のタイミングで相槌《あいづち》を入れる良き相棒は、ゴールデンレトリバーの雌犬のベスだ。

犬連れでそう遠くへは行かない。ここが犬明の家の近所で、再び遭遇する可能性の高い証拠でもある。

最後に握手に応えて女性が去ると、犬明も軽くメモを取ったのち立ち上がった。テラス席を選んだのは愛犬のためながら、あまり散歩中に付き合わせるのも可哀想《かわいそう》だ。

「ベス、待たせたね」

こちらを仰ぐベスは、先程の何倍も大きく強くしっぽを振った。舌を覗かせてハッハッと息を荒くし、今にもワンと声を上げげそうな表情だが店では大人しく鳴かずにいる。

人懐こさのあまり時折失敗もするけれど、賢くて気の優しい自慢の犬だ。

テーブルの下から出たベスは、柔らかな午後の日差しを浴び、毛並みを金色に輝かせた。

不意に記憶がぽろりと零れるように蘇《よみがえ》る。

『見て、あの子がいいわ。ほら、陽《ひ》だまりみたいな色してる！』

一緒にベスを飼っていた恋人の言葉。

元恋人だ。別れてちょうど一年ほどになる。

ゴールデンレトリバーを飼い始めたのは、彼女との同棲《どうせい》がきっかけだった。

せっかくの広い家だから大型犬を迎えようと、一緒にブリーダーの元へ行った。家族を待つ無数の子犬たちに、とてもどれか一匹を選ぶなんてできないと感じていたところ、彼女の導きで一際明るい毛色の犬に心を奪われた。

あの出会いから三年、恋人は去っても、犬は良き家族として傍《そば》にいる。彼女とも「いいお友達でいましょう」なんて会話はしなかったけれど、犬を通して今も繋《つな》がっている。

数日前にも、メッセージをやり取りしたばかりだ。「最近どう？」なんて季節の挨拶のように問われ、つまらない理由で怪我をしたと告げた。

『えっ、一人で大丈夫？　なにか手伝おうか？』

すぐにそう返ってきた。

たぶん本気だっただろう。出会った頃から裏表のないさっぱりした性格の彼女は、その気もない言葉を言ったりはしない。人はそうそう変わらないものだ。

そして、犬明も変わらなかった。

「平気だよ。もうすっかり慣れた」

つい笑い飛ばした。足元が悪路だろうと、平坦《へいたん》な乾いた道を歩いているかのように涼しい顔をする。

実際は、慣れても不便に変わりはない。目覚めてすぐから憂鬱は始まる。片手では顔を洗うのも困難で、洗顔ソープを泡立てることさえ上手《うま》くできない。

電動歯ブラシに、電動シェーバー、電動と名のつくものにありがたみを覚えるようになった。食洗機にロボット掃除機など、地獄に仏だ。

ハウスキーパーを雇うことも検討してみたものの、執筆中に知らない人間が家をうろつくのは落ち着かない。

犬明は赤いリードを左手で握り店を出た。

零れる溜め息とは裏腹に、美しい愛犬を連れて颯爽《さっそう》と歩道を歩く。黒いタートルネックのニットもグレーのチェスターコートも、ギプスでも着用しやすいざっくりとしたシルエットながら、近所を歩くだけの服には見えない。

ファッションにも隙のない男が、悩める怪我人だなどとは誰も気づかなかった。

「……ベス、やっぱり来てもらえばよかったか?」

ふと、言葉にした。

誰とは言わなかった。街路樹の根元を熱心に嗅ぎ始めたベスは気づかず、なんとなくホッとする。犬相手でさえ、どうやら自分は格好悪くなりたくないらしい。

コートのポケットに突っ込んだスマートフォンが震える。

電話だ。なにげなく確認した犬明は、ドキリとならずにはいられなかった。

――美冬《みふゆ》。

交友関係は広く、何百件と登録されたアドレス帳の中から画面に表示された名は、偶然にもたった今頭によぎらせた彼女だ。

『昇くん?』

「どうした?」

『どうしたただなんて、こっちが聞きたくて電話したのよ』

久しぶりに聞く彼女の声は、特に気負った様子もないいつもの――昔、毎日欠かさず聞いていた声だ。

「ああ……ベスなら今散歩中だ」

惚《とぼ》けたと思われたのか、聞こえよがしの溜め息が響く。

『犬じゃなくて、あなたのことよ。ケガしたって言うから、やっぱり大丈夫か気になって』

「……そっか、悪いな。今仕事中じゃないのか？」

平日の昼間だ。白衣にマスク姿の彼女が自然と思い起こされる。美冬は歯科医で、出会いも初デートに誘ったのも、歯医者の診療台の上だった。

『休憩中。午前の診療が長引いちゃって、やっとお昼ご飯を食べるとこ』

「相変わらず忙しそうだな」

『そっちこそ相変わらずなんでしょ、小説家先生。今、散歩中って言ったけど、本当に大丈夫？　ベスの散歩を手伝ってくれる人がいるんじゃない？　片手だと世話も大変だろうし』

「ああ、まぁ……そうだな」

一度は断ってしまった提案に乗るには、またとない機会だ。目線の先では、再び歩道を歩き始めたベスのふさふさのしっぽが左右に揺れる。

散歩はもう帰り道で、自宅のタワーマンションは目と鼻の先の距離に聳えていた。

「美冬、こないだ言ってくれた……」

伝える間もなく、美冬は口を開いた。

『春《はる》がね、今日そっちに行くって』

「え？　なにが来るって？」

春が来る。まさか季節のことではないだろう。

『春。忘れちゃった？　弟よ』

美冬は言い、反応の鈍った犬明の体は前にのめった。

突然、ベスが歩道を力強く漕ぐように進み、激しく引っ張られたからだ。

「おい、ベスっ！」

『どうしたのっ？』

「いや、ベスが急にっ……」

勢いの衰えない犬に導かれて角を曲がれば、マンションの入口が近づいてくる。

投資目的の購入も少なくない、この辺りでは名の知れた高級マンションだ。前庭は広場のような開放的な空間になっており、石造りのオブジェにも見えるベンチの一つに若い男がいた。

座って背を丸め気味にしていても、すらりとした体つきの判《わか》る男だ。体に沿うタイトなシルエットのジャケットのせいかもしれない。

陽光を受けた明るい色の髪が、ベスの毛並みのようにキラキラと輝く。男にしては小さな頭で、顔も小作りに見えた。

高すぎず低すぎず、ほどよく人形のように通った鼻筋。どことなく緊張したように結ばれた、桜色の唇。ハッとなるほど整った横顔は、手元のスマートフォンの画面を見つめていた。こちらを見ようとしないので、つい不躾《ぶしつけ》な視線を送る。

ベスは、男を目的地に定めたとしか思えない勢いで、ぐいぐいと突き進んだ。

「ワンっ！」

ついにひと吠え、しっぽは興奮して激しく左右に振れる。

ベスは喜んでいた。大好きなボールを見せた瞬間や、ドッグランで仲のいい犬とじゃれついているときや――それから、待ち侘《わ》びた誰かにようやく会えたときのように。

「あ……先生」

こちらを見た男は、軽い反応で立ち上がった。

「春くん、久しぶりで全然判らなかったよ」

マンションのエントランスへ向かう犬明は、驚きのままに言った。

高槻《たかつき》春は、美冬の四つ歳下の弟だ。付き合い始めた頃に何度か会っており、その頃二十歳と聞いていたから、今はたぶん二十四歳になる。

「そんな、成長した親戚の子じゃないんですから。背だってもう全然伸びてないのに」

元恋人の弟は、くすりと笑った。

親戚の子供だったら、もっとすぐに判るだろう。四年で急成長したところで面影がある。

身長百八十の犬明より十センチほど低い弟の頭の位置は、おそらく申告どおり変わっていない。けれど、顔が違った。髪色も、服装も。纏《まと》う空気がそっくり入れ替えたみたいに違っている。

記憶の中の弟は、額を隠した重たい黒髪で、変装のためと言われても納得する野暮ったい黒縁眼鏡をいつもかけていた。服装もまた、周囲に埋没するのが目的であっても驚かない無難かつ地味なカジュアル服で、正直『もったいないな』と思わされた。

よく見れば、眼鏡のフレームに隠れた顔は、姉に負けず劣らず整っていたからだ。

――まるで別人だ。

数年のうちになにがあったのか、随分垢抜《あかぬ》けたとしか言いようがない。

「先生、どうかした？」

そう、高槻春はタメ口混じりで自分に気安く話しかけ、微笑んでみせるような弟ではなかった。こちらから話しかけても、なかなか目も合わせようとしなかったシャイな弟だ。

覚えているのは眼鏡と、それから――

「先生？」

「あ……ああ、こっちだ。入る前に、犬の足を洗わないと」

基本、誰に対しても垣根は低く、気さくに接する犬明のほうが戸惑いを隠せない。

美冬からの連絡がなければ、不審がって信じなかっただろう。

彼女の電話での説明によると、怪我が気がかりながら多忙で行けずもどかしく思っていたところ、弟が『じゃあ、代わりに行くよ』と言い出したらしい。今は一人暮らしのはずだが、週末に実家のリフォームを手伝いに戻っていたとか。

「へぇ、ちゃんと足を洗う場所があるんだ」

「べつに家に帰ってから洗ってもいいんだろうけどね。人間はマンションの入口で靴脱ぐわけじゃないんだし」

「確かに、犬だけ土禁なんて変かも……わっ」

隣を歩くベスが男の足元にじゃれつく。

姉と似通った匂いでもするのか、初対面にもかかわらず旧知の仲間でも見つけたような目の輝かせようだ。

「ホントに人懐っこいな……あっ、先生は待ってて、俺が洗うから。ギプスが濡れると面倒でしょ。そのために来たんだし」

弟は率先して手を貸してくれた。

正直助かるも、元カノを頼るか否か迷ううちに、その弟がわざわざ手伝いにやってくるとはどういう状況なのか。

服やヘアスタイルに加え、ボランティアにも目覚めたとかではないだろう。

「ありがとう、悪いね。上がってゆっくりしていくといいよ」

「なに言ってんの。犬の足を洗うためだけにきたわけじゃないよ？　俺で役に立てそうなことあったら、なんでも言ってくれれば」

にこりと笑う。ベスのリードを引いてエントランスホールに入り、弟は息を飲んだ。犬連れを躊躇《ためら》うような豪華な内装に、感嘆の声を上げる。

「……すごいな、ホテルみたいだ」

広いだけでなく、天井が高い。二層吹き抜けの中央部は、ウォールナットの壁に絵画が飾られ、煌《きら》びやかさよりも落ち着きを重視した空間作りだ。共用部は大理石の床が続き、正面入口にはフロントコンシェルジュ。確かにこのままそっくりホテルに変わっても誰も気づかないかもしれない。

ぐるりと仰いで見回しながら、弟はエレベーターに向かい、それは高層階の犬明の部屋についてからも続いた。むしろ、部屋に入ってからのほうが関心は増したようで、視線はあちらこちらを彷徨《さまよ》う。

「そういえば、君が来るのは初めてだね」

美冬と暮らしていた頃にも一度も来てはいない。

結婚もしていないのだから当然か。

実家を出て急に一人暮らしを始めた弟について、美冬は「勝手にしてる」と呆《あき》れたように言っていた。独断で大学を中退したのが原因で、両親と揉《も》めているとか。他人にすぎない犬明が首を突っ込む話ではなかった。

「なんか……想像したとおりだ」

窓辺に歩み寄る弟は呟《つぶや》きを漏らす。

生活感を感じさせない、スタイリッシュに白を基調とした美しい部屋。

ソファクッションの緑や、アートの赤は落ち着いた色合いで、差し色にちょうどいい。絵画を飾るつもりはなかったが、壁に備え付けのピクチャーレールがこのままでは寂しいと彼女が選んだ。

「想像どおりって？」

「先生の部屋、どんなか気になってたんだ」

振り返った弟の顔は一瞬真顔に映るも、すぐに笑みを零した。

「だって……ほら、先生はセレブな人気作家でしょ？」

「……べつにセレブじゃない。普通に働いて収入を得ているだけだ」

「先生に普通なんて言われたら、庶民はどうすればいいんだよ」

「その『先生』って呼び方はやめてくれないかな。仕事でもないんだし」

仕事絡みの関係でもないのに呼ばれるのは不自然な気がして突っ込んだところ、予想外の返事が寄越される。

「じゃあ……昇くん？」

判りやすく嫌そうな表情をしたに違いない。

「あ、ごめん。姉さんがそう呼んでたから……先生は、やっぱり『先生』だよ。うん、一番しっくりくる」

適当とも、意味深とも取れることを言い、くるりとまた窓辺に向き直る。ガラスに体を張りつかせ、まるでダイブでもするかのように下を覗き込んだ後ろ姿は、ジャケットの襟からすっと伸びた白い項《うなじ》が際立って見えた。

「すごい高さ！　部屋の数も多そう。住人たくさんいるんだろうな」

戸数なんて、マンションの感想で初めて聞く。

「こんなに大きなマンションだと、ほかの部屋がどうなってるかなんて判らないよね。やっぱり顔も名前も判らない人ばっかり？」

「まぁ……でも分譲だし、住民が集まる機会はあるよ。さすがに毎日暮らしてると、よく見かける顔も出てくるしね。会話も挨拶程度は……どうして？」

「なんとなく、好奇心で。このマンション、形も変わってるね。マッチ棒みたいに頭が出っ張ってるから、高層階のほうが部屋が広そう」

弟は不意にくるりとこちらに向き直り、すぐ後ろまで歩み寄っていた犬明はなんとなく身構える。

「先生さ、広いと掃除とか大変でしょ？」

「ああ……」

「ギプスだと水仕事はしづらいだろうし、犬の散歩に休みはないからトイレの世話や足を洗ってあげるのも大変だったりする？」

「……まぁ」

「もしかして、ケガのせいで仕事も押してたり？」

そこはナーバスにならざるを得ない状況も加わり、触れられたくない部分だ。

犬明はついに眉根を寄せた。

「さっきから、君はなにが言いたいんだ？」

嫌みの一つでも言うのかと思いきや、弟の勢いは急に萎《しぼ》んだ。顔色を窺《うかが》うような声や眼差《まなざ》しに変わる。

「先生、俺をここに置いてくれませんか？」

「は……？」

「なんでもする！　犬の世話も、先生の世話も、なんでも！　だから少しの間……ケガが治るまででいいんで、ここに置いてもらえませんか？」

犬明は呆気《あっけ》に取られつつも、冷静に返した。

「どういう事情か説明してもらわないことには」

「実は今帰るところがないんです。部屋を……追い出されてしまって。その、アパートの……家賃を払えなくて」

「つまり、家賃滞納で住むところを失《な》くしたと？　だったら実家に戻るとか、ご両親に相談して……」

「親には迷惑かけたくないっていうか、俺の我が儘《わまま》で家を出たのに、これくらいで戻れないし」

「いや、住む家がないってのは『これくらい』じゃ……」

「バイトは続けてる！　あと少しで敷金礼金当面の家賃くらいは貯《た》まるから！」

「だからって……」

随分と唐突だ。

人は動揺すると目が泳いでしまう生き物らしい。視線はふらふらと見慣れた部屋を彷徨い、ソファの傍らの指定席、大きな犬用ベッドに寝そべる愛犬と目が合う。

そんなつもりで見たわけではない。けれど大きなしっぽが強く揺れ、半開きの口に舌を覗かせた笑顔で見つめ返されると、まるで相談でもしたようになる。

しかも、どうやら相棒の答えはイエスだ。

「いいよ」

犬明の返事に春は驚いた。

「えっ……い、いいの？」

「ああ、ただし条件がある。身の回りの世話をしてもらうのにタダじゃこっちもすっきりしないから、バイト代は払わせてもらうよ」

人助けのつもりの了承だった。

自身を救うための人助け。

どんな状況だろうと、人に助けを乞うのは苦手な犬明ながら、相手から求められて役立つと思えば気が楽だ。

幸い愛犬も喜んでいる。


「ただいま〜」

窓も装飾もない、安っぽく黒いペンキで塗られただけの裏口の鉄の扉を押し開けながら、高槻春はいつものように気だるい声を上げた。

「うちは住み込みは雇ってないはずなんだけどねぇ」

フロアのほうにいるとばかり思っていた店長が、事務所の奥で机に向かったまま不服そうな声を返す。いつもどおりの挨拶代わりのやり取りだ。

「家賃もったいないし、どうせ昼は誰もいないしいいでしょ」

パーティションで仕切っただけのロッカールームのほうから、「はーい、ここにも一人いま〜す」という同僚の声が響き、「お客さんがってこと！」と春は声量をアップする。

ここは春がアルバイトで勤めるゲイバー『ドロップス』だ。

ゲイバー。誰もが知るとおり、夜な夜な同性愛者が集うバーだ。ドロップスは女性客はお断りの店なので、来るのは野郎ばかり。外見や年齢の幅はあれど、客も店員も全員性的指向が同性である者の集まりだ。

春も例外ではない。

子供の頃、まず嫌ったのは自分の顔だった。顔立ちも、やけに白い肌の色も。なにも知らない母に、『春ちゃん、幼い頃は可愛《かわい》くて女の子みたいって、よく褒められてたのよ～』なんて言われる度に、小さい傷が胸のどこら辺かに走るから嫌いになった。

中性的な男なんて今時珍しくもない。そこそこ整った顔ならば、美少年と持て囃《はや》される長所なくらいだけれど、それも普通に女の子が好きだったらの話だ。異性に興味が持てれば、女顔だろうとスカートを穿《は》こうと個性やファッションですまされるところ、好きな相手が男では途端に事情は変わる。

いつから自分がそうだったのか、春には判らない。

みんなと違うと意識し始めてからは、容姿が男らしさに欠けているせいではないかと、コンプレックスの塊になった。そんなはずはないと否定に躍起になった中学時代。バレたら終わりと、目立たぬよう周囲の顔色ばかり窺っていた高校時代。

大学生になり、ある日突然吹っ切れた。

『もう、いいや』と思った。

ビクビクしても、堂々としても、同じ自分だ。どうせ同じなら、楽なほうがいいに決まっている。

ずっともやもやしながら生きていくのが嫌になり、ありのままでいられる場所を探し、辿《たど》り着いたのがこの世界だ。

若気の至りかもしれない。早まってしまったのかも。今はネットのおかげで間口だけは広く、コンプレックスだった顔も、新しい世界に溶け込むには具合がよかった。

家を出て一年は順調に暮らせた。最初に勤めた店は小ぢんまりとしたバーで客層もよく、人柄のいいオーナーのママも信頼できたけれど、経営難で閉店してしまいガラリと事情は変わった。

新しいバイト先は見つかったものの、先々を考えて節約に励み、自らアパートを出て店に住みつくようになったのが一年前。

つまり、家賃滞納で追い出されたなんてのは作り話だ。

「ハル、今日シフト入ってたっけ？」

ロッカールームに入ると、黒いレザーの長椅子に座った先客の同僚が、だらっと背もたれに体を預けて壁のテレビを見ていた。

「んー、荷物取りにきただけ。しばらく先生のところに住まわせてもらうことになったから」

ロッカーに向かった春は、ナイロンの大きな黒いボストンバッグを引っ張り出しながら応えた。ロッカーが余っているのをいいことに、三つほど占拠して着替えを入れている。

「えっ、笹澤《ささざわ》センセ見つかったの⁉」

「そっちじゃなくて、姉さんの知り合いの先生。笹澤先生と同じマンションに住んでるから、なにか情報得られないかなって」

「同じって、あのセレブタワーなマンション？　そんな偶然あるのぉっ⁉」

胸筋が自慢のスポーツマン体型に似合わず、やや女っぽい喋りの剛琉《たける》は、驚きにますます語尾を跳ね上げた。

「あー……ないかな、普通は。でも、実際同じだからこれもなにかの縁かなって、潜り込ませてもらうことにした」

「運命感じて利用してやれって？　ハルっち、鬼畜～。難攻不落のクールが売りなだけのことあるわぁ」

「売れてないから稼げない上に、笹澤先生にも逃げられちゃったんだろ」

乾いた笑いを漏らすしかない。

笹澤は一回り以上年上の医師で、春の客だった男だ。

ゲイタウンと言われる夜の繁華街で、この店はそこそこに箱が大きい。今はクラブスタイルのバーへと変貌し、客同士の出会いの場になっているが、元は売り専だったバーだ。名残りで、常連になると気に入ったホールスタッフをボーイとして指名し、席に呼ぶこともできる。

さらにボーイが了承すれば、金額次第で店外デートも可能だ。イレギュラーな業務形態ながら、逆にそれが気に入り、常連になろうと張りきる客もいる。

ようは、箱を客で埋めるためなら風俗営業も厭《いと》わないバーだ。

客の笹澤も足繁く通っていた一人で、春は店外でも会うようになり、それなりに信頼もしていた……というか、油断が生まれた。

支払いを滞らせたまま、笹澤がふつりと姿を現わさなくなったのは二ヶ月前。

ラインやメールの返事はなく、電話にも出ず、例のマンションを訪ねても反応はなし。しっかりし過ぎたセキュリティと三十階の高さで、窓からちょっと失礼して部屋の様子を覗くなんて真似《まね》もできない。

溜め息をつきかけたところ、薄っぺらなパーティション越しに店長の声が響いた。

「ハル～、代わりの客に穴埋めしてもらったっていいんだぞ～。おまえを指名したいって客はたくさんいるんだからな～」

話は筒抜けで、冗談とも本気ともつかない声だ。

たぶん本音だろう。オーナーが厳しいこともあり、金の話になるといつも店長の蒲鉾《かまぼこ》目は笑っていない。

「勘弁してくださいよ～。それは最終手段ってことで……」

「なんで指名増やすの嫌がるんだよ。来るもの拒まず、ぜーんぶ受けとけばもっと稼げんのに。

まさか、笹澤センセだけが特別?」

長椅子の剛琉が、爛々《らんらん》と目を輝かせつつ前のめりになる。

これまでも何度か繰り返された質問を、春は笑って煙《けむ》に巻いてきた。

「そんなに指名こないよ。俺はタケルみたいに良い体してるわけじゃないしさ」

人の好みは千差万別と言っても、この世界で文句なしにモテるのは、いわゆるガチムチに体を鍛え上げた者だ。

「バカ、イケメンはどこの世界でも例外の別枠なんだよ……あっ、俺いいこと思いついたっ!」

「なに?」

ロッカーの前にしゃがんだ春は、背を向けたまま衣類をバッグへ移す。

所詮、他人事《ひとごと》の気楽さか、面白がって声を弾ませる剛琉は本気で知恵を振り絞ってるようには感じなかった。

「その同じマンションの『先生』からお金引っ張れない? 客にしちゃえばいいんだよ」

「無理」

「なんで? 姉ちゃんの知り合いだから?」

「それもあるけど、無理だって……」

春はハッとなって背後を振り返った。

目が合った剛琉がドキリとした顔をするも、見ようとしたのは彼ではない。

壁のテレビ画面の中だ。

バラエティ番組では映画化した本の紹介がされており、原作者として犬明昇が登場していた。

テレビ出演もけして珍しくない小説家先生は、浮ついたところのない、かといって沈みすぎることもない心地のいい声で自著について説明をしている。

同じマンションであるのも縁なら、これも縁か。

類まれなタイミングで『先生』が登場していることなど知る由もない剛琉は問う。

「その先生って、なにやってる人なの？　やっぱり医者？　弁護士？　教師……じゃ、あんなとこには住めないよねぇ」

春は答えず、質問はするりと無視して言った。

「あの先生は無理だよ。スーパーノンケな人だから」


「なに、これ」

夕方、戻った犬明の部屋のキッチンで、冷蔵庫を開けた春は思わず漏らした。

パタリと無意味に閉じると、ピカピカのガラス張りの扉には、見てはいけないものでも見てしまったかのような顔の白分がぼんやり映り込む。

「どうかした?」

主人の声に喜び勇んだベスの足音がパタパタと鳴り、書斎のほうからちょうど仕事を一段落させた犬明が出てきた。

「えっと、食材はあるって聞いたからスーパーに寄らなかったんだけど」

「あるだろう、たくさん」

「え、でも……これなに?」

扉を再び開けた冷蔵庫の棚のド真ん中には、怪しげな緑色の大きな蕾《つぼみ》みたいな植物が鎮座していた。

「ああ、アーティチョークだよ」

「アーティ……食べられるの?」

「茹《ゆ》でたり蒸したりしてね。ヨーロッパのほうだと、その辺に売ってる」

ここはヨーロッパではない。遠く離れた日本だ。

しかも、冷蔵庫に違和感を覚えた理由は巨大蕾だけではなかった。

「この瓶詰は?」

「パルミット。ヤシの芽だね」

「これと、あれと、それは?」

「ビーツ、アイスプラント、それはただのアンチョビフィレ」

自分の知っているアンチョビは、そんな金ピカの蓋の瓶詰ではない。

「どこで買ってんの!?　こんな変な……珍しいものばっかり」

「すぐそこのスーパーだよ」

地球の裏側のはずが、まさかのご近所。そういえば駅からの道すがら目についたのは、駐車場に高級車のずらりと並んだ高そうなスーパーで、二度見したのを思い出す。

高級住宅街は異次元にでも繋がっているらしい。

「輸入食材が充実してるスーパーでね、ついいろいろ手に取ってしまう」

「手に取るのはいいけど、俺、こんなの調理できないよ？」

「いいよ、僕がやるから……」

住み込みのヘルパーとして雇われたはずだが、あまり頼るつもりはないのか犬明はさらりと言い、そして不意に口を噤《つぐ》んだ。

「先生？」

なにか思い出したように、じっと春の顔を見下ろす。

「……ああ、うん」

「ねぇ、その手だと料理は無理じゃないかな」

「できないことはないけど……じゃあ一緒に作ろうか。ろくに自炊してなかったから、ほかにも早く使ってしまいたい食材があるんだ」

広々としたアイランドキッチンは、大人の男が二人並び、足元に大きな犬もいたところで動きづらくはならない。長いキッチンマットの壁側はベスの定位置らしく、すっかり寛《くつろ》いだ様子で伸びている。

アーティチョークは下茹でが必要だった。方法を犬明から聞き、実践するのは春だ。自然と役割分担が生まれ、クッキングと言うより作業現場、現場監督と作業員になる。

春は覚束《おぼつか》ない手つきで包丁を動かしながら、「先生って、料理得意なんだ？」と訊《たず》ねた。

「レシピを覚えてるだけだよ。料理はレシピどおりなら誰でもやればできる」

犬明は棚から料理本を取り出し、「ほら」と春に開き見せた。

色鮮やかな赤紫色をした、見た目はカブのようなビーツを使ったボルシチの写真。今作っているメニューだ。納得させられるも、赤い両手鍋に調味料を投入しようとしたところで監督の横やりが入った。

「あっ、待った！　塩の分量は控え目で、トマトケチャップで味を調えるから。ビーツで色は出るけど、ケチャップ多めのほうが日本人好みの味になるんだ」

「『レシピどおり』はどこいったの⁉」

春は憮然《ぶぜん》とした表情で背後を仰ぐ。

「ちょっと味を調えるだけだろ」

「その先生が当たり前が、初心者はできないんですって。やっぱり、デキる人の言うことは信用ならないのが判明したかも」

　犬明はクレームにも楽しげに笑う。

「判った。じゃあ、君は君のできることをやりなよ」

「あ……」

「どうかした？」

「いや、その言葉……どっかで聞いたなって思って」

　犬明は頭を巡らせるような顔で応えた。

「そんなに変わったことは言ってないつもりだけど……ああ、前に小説に書いたセリフかな。ほら、たしか君も読んでくれた本だよ」

「あったかな……そんな本」

「美冬から君を紹介されたときだよ。読んでた本にサインしただろう？『ゲレンデのマリンスノー』。映画化したからいろんな人が読んでくれてね。懐かしいな」

　ミリオンセラーを達成した本だ。春が持っていても不思議はないと言いたいのだろう。

　急に思い出したように春は言った。

「先生、そういえば仕事が忙しいんでしょ？　夕飯作ってて大丈夫なの？」

「ロボットじゃないんだから、息抜きの時間くらいは必要だよ。がむしゃらにやれば倍速で進むわけでもないしね」

「そういうものなんだ？　まぁ、今先生いなくなったら、今日の夕飯の味の保証はできなくなってしまうけど」

同時進行のオーブン料理も、犬明の的確な指示のおかげで順調に進んだ。雇われの身で一緒に食べていいのか迷ったけれど、犬明は当たり前に二人分の皿を選ぶ。

人間はダイニングテーブルで、犬は足元の銀色のボールで、それぞれに食事を取る。

「結局、先生が作ったようなものだね。ごめん、次はレシピ読んで頑張るよ」

春はとても大きな顔して『召し上がれ』なんて言えない。

「実際に作ったのは君だろ」

「でも……」

「二人で作ったってことにしてくれ。じゃなきゃ、美冬の不機嫌顔が頭に浮かぶ」

テーブルで向き合った犬明は苦笑した。

「姉さんが？　どういう意味？」

「前にね、言われたんだ。僕は一人でなんでもやってしまうから、二人でいる意味がないって」

「姉さんといるときも、料理は先生が作ってたの？」

「まぁ……いつもってわけじゃないけど」

濁された言葉に、おそらく姉より犬明のほうが手際よく上手かったのだろうと察した。

犬明昇は器用な男だ。なにをやっても敵《かな》わなかった姉は想像できるし、そもそも任されることもあまりなかったらしい。

「笑って言われてるうちに気づければよかったのにね」

「もしかして、それが別れた理由？」

ハッとなって、つい尋ねた。

犬明はカトラリーに伸ばした手を止め、目を瞠《みは》らせる。

「なんだ、別れたの知ってたのか」

「そりゃあ……別れてなかったら、姉さん、実家に戻ってないでしょ」

でも、理由までは知らなかった。よほどのことがあったのだろうと思っていただけに、知ってしまうと些細《ささい》にも感じられる。

「贅沢《ぜいたく》なんだよ、姉さんは。普通は『なにもやってくれない』って怒るとこなのに、やりすぎで怒るなんて……こんなすごいマンションに住めたのだって、先生のおかげなのにさ」

つい熱くなる。犬明のほうが呆気に取られたような顔をしていた。

「それは……ありがとうって言うところかな」

「べ、べつに、庇《かば》ったわけじゃ……た、ただの一般論だし」

「だったらなおさら嬉しいね。みんな同意見だと思って言ってくれてるわけだろ？」

「……小説家ってみんなそんなにヘリクツ言うわけ？」

「ポジティブ思考って言ってほしいね」

「ほら、またヘリクツ」

「ははっ」

笑う男の顔は、昼に店のテレビの中に見かけたのと同じ顔だ。

別れた女の話をしているとは思えない。余裕に満ちているとさえ錯覚する物腰で語る。

「今は彼女の言い分も判る気がするんだ。お互い空気みたいな存在になってたなって」

「いてもいなくても変わらないってこと?」

「うん、広い家ってのはさ、快適だけどなにも生まないところがある」

「……生まない?」

「どこにもぶつからないんだよ。君も感じるだろ、キッチンも二人どこにいたってするする動けてしまう。家の中までホテルのロビーみたいだ。ぶつかったり避けたり、『ごめんね』も『いいよ』もない」

犬明が示したのは、アイランドキッチンの広いカウンターの中だ。

春はいつしか犬明を見ていた。視線に気づいた男は、「いいから食べなよ」とちょっとだけバツが悪そうに勧める。春は頷《うなず》き、メインディッシュではないけれど、気分は主役であるアーティチョークの皿に手を伸ばした。

オーブンでローストした蕾は、もう鮮やかな緑ではない。教えられたとおり、花びらのようながクを一枚剝《む》いて歯を立て、根元をこそぐようにして味わう。

「あ、美味《おい》しい」

「意外？」

「うん、芋っぽいかな。甘みがあるっていうか……なんか、もっと癖のある葉野菜みたいなの想像してた」

「クレソンみたいな？」

犬明は本当のメインであるボルシチをスプーンで味わいながら、不意に問いかけてきた。

「で、君のほうはなにがあったの？」

「え……」

「やっぱり気になるだろう。なにがそんなに春くんを変えたのかってね。まさか、自覚してない？　君、別人かと思うほど雰囲気変わったし……正直、美冬から連絡もらってなかったら判らなかったと思うよ。大学でデビューって感じ？　でも大学は……」

犬明は言葉に詰まった。

「先生、もしかして俺が大学やめたの知ってる？」

「ああ」

「これは……始めた仕事が飲食業だったから、見た目を気にするようになって」

べつに顔を弄《いじ》ったわけでも、化粧を始めたわけでもないけれど、自分が様変わりしたことくらい誰より判っている。

変えようとしたからだ。

変わりたいと思った。

昔の店のママは、『ハルちゃん、来る度に綺麗《きれい》になってるってお客さんが～』なんて褒めてくれたけど、自分ではなんとなく褒められたものじゃない気がしている。

理由が、理由だけに。

「そんな理由？　まぁカフェなんかだと、オシャレっぽい子が多いかな。あれ、でもバイトに入るのは夜だって言ってなかった？」

「夜のほうが時給よくて。カフェっていうか……カフェバーかな」

苦しい誤魔化しをした。

「ふうん、最近は気軽に飲めるバールとか流行《はや》ってるね。やばいな……」

「え、ど、どうかした？」

「お酒を思い出したら飲みたくなってきた。ボルシチはワインに合う」

「飲めばいいのに。キッチンのワインセラー、すごい数置いてるでしょ」

『なんだ、ワインか』と胸を撫で下ろすも、犬明はムッとした反応だ。

「あれは仕事明けのお楽しみ。飲んだら書けなくなるだろう」

仕事のできる小説家先生らしくもない拗《す》ねた表情に、春は目を奪われると同時に笑いが零れた。

「あっ、春くん、笑うなよ」

「春でいいよ。春くんって、なんか気持ち悪い」

「君がやめたら考えるよ。『先生』呼びだって充分に気持ち悪い」

笑い続ける春は、一日の内に二度も同じ言葉を繰り返した。

「だってさ、先生はやっぱり『先生』だよ？」


翌朝、目覚めた春が寝室に与えられた客間を出ると、犬明はすでに起きていた。

「春くん、おはよう」

キッチンカウンターに向かって立つ男は、室内着ではないナイロンパーカ姿でコーヒーを飲んでいて、寝坊したかと焦った。

「お、おはよう、もうそんな時間⁉」

朝の六時過ぎ。教えてもらった起床時刻より早く、日の出を迎えようという頃だ。都心を一望するリビングダイニングの窓からは、朝焼けに淡く染まる空が広がる。

「先生、もしかして徹夜だったの⁉」

「まさか。寝不足は作業効率が落ちるだけだよ。思考力も下がるし、疲れ目肩こりあとなにかな……ああ、肌も荒れる」

　コーヒーカップに口をつけた犬明は冗談っぽく笑った。

「思うに作家の徹夜は職業イメージで、実際はそんなにやってる人いないんじゃないかな」

「そ、そうかな……」

「無理せずやれる予定で組んだスケジュールなら、毎日割り振ったとおりに仕事をこなせば終わるはずだろう？　多少予定が狂ったとしても、よほど自己管理が甘くない限り、徹夜が必要になるなんてありえない」

「はぁ……」

　そんな正論、世の作家と名のつく人たちが揃《そろ》って同意できるとは思えない。『よほど』の人がたくさんいるから、悩める作家や編集がいるのではないか。

　しかし、現に犬明は不慮の怪我で予定が押しているにもかかわらず、そこまで追い詰められてはいないらしい。

　パジャマ代わりのスウェット姿で寝癖のついた頭の春の口はポカンと半開きになる。

　足元ではクウンという鳴き声が響いた。

「あっ、ごめん！　ベス、おはよう」

　ずっと気づくのを待っていたのだろう。『あいさつは？』という表情だ。おすわりをしたベスの頭を慌てて撫でつつ応えると、すぐに機嫌は直った様子で、しっぽが左右に大きく早く揺れる。

犬明はコーヒーを飲み終え、ナイロンパーカのジッパーを上げながらカウンターから出た。

「春くん、今日はベスの散歩と食事は任せていいかな。散歩用のグッズは、昨日教えた場所にあるから」

「もちろん……先生は？」

カウンターに隠れていて気がつかなかったけれど、ボトムもナイロンパンツだ。グレー地にブルーと白のラインの入ったジョギングウェア。

「ちょっと走ろうと思ってね」

「えっ、今から⁉」

「ランニングにはちょうどいい時間だよ。ケガでずっとジムにも行けずにいるから、体が鈍ってしょうがないんだ。頭まで重くなってくる」

「でも、右手は大丈夫？」

「使うわけじゃない。スピードは出さないで走るよ」

軽いストレッチをして、準備を整えた犬明は愛犬に声をかけた。

「じゃあ、ベス行ってくる」

颯爽と出かける主人を見送る犬に戸惑った様子はなく、どうやらいつもこうらしい。

「あれが普通の作家……なのかな？」

春は背中を呆然《ぼうぜん》と見送り、玄関ドアの閉じる音を遠くに聞きながら独り言を漏らした。

ほかの作家を知らないので、なんとも言えない。出不精で家に引き籠もり、締切も守らずにダラダラと過ごしているような自堕落な作家は本当にこの世にはいないのかもしれない。

なんとなく作家の膝に乗る猫の姿が頭に浮かぶも、犬明が飼っているのは犬だ。それも、活発で賢く、友愛の象徴のような大型犬のゴールデンレトリバー。

春も身支度を整え、ベスを散歩に連れて行くことにした。服が適当でも、ダウンジャケットを着ればそれなりの格好に見える。

「おまえはいいなぁ、ベス」

着替えもせずブラッシングがまだでも美しい犬は、『なに？』というようにこちらを仰いだ。

揃ってエレベーターで地上に下り、表に出ると朝日に一層毛並みを輝かせる。

日が昇り始めても、三月の朝の空気はまだ冷たい。深く吸い込めばツンと鼻の奥を刺すような空気は、痛みと同時に懐かしさを覚える。

夜の遅い仕事に就いてからは、昼夜は逆転しがちで、早起きから遠ざかっていた。

目指すは、散歩コースだと聞いた広いドッグランのある公園だ。途中、トイレの始末をしたり、顔見知りらしい散歩中の犬に出くわしたりしながら辿り着いた。

散歩グッズの入った帆布の手提げバッグから、ベスの宝物を取り出す。

緑色のゴムボール。宝物にしては随分とチープで年季も入っているけれど、『投げて、早く投げて！』と目を輝かせるベスの興奮は最高潮だ。

春は期待に応えるべく、投球を始めた。ピッチャーは春、バッター不在、それ以外の守備はすべてベスといったところか。

「ワンっ！」

犬の守備範囲は広い。夢中になって追いかける犬を、春は目で追う。全速力で戻れば、全力で褒める。何度も繰り返すうちに次第に無心になってきて、本来の目的はどこかに追いやられて忘れそうになった。

公園へ来たのは散歩のためながら、マンションに潜り込んだのは犬の散歩をするためではない。笹澤を捜し出すためだ。

空が青い。ベスが満足して帰る頃には太陽も高く昇り、道行く人も増えた。出るときには無人だったマンションの前庭に、小型犬を連れて話し込んでいる主婦らしき女性たちの姿を見つけ、ハッとなる。

住人に違いない。

「ベス、ちょっと付き合ってくれるか？」

しっぽが左右に振れたのを『いいよ』と受け取る。ベスは話しかけると、ほぼ百パーセントの確率でしっぽを揺らすので、ご都合主義もいいところだ。

――悪い、ベス。

昨夜、さりげなく確認したところ、犬明は笹澤を知らなかった。この戸数では無理もない。気が遠くなるけれど、地道に住民を当たっていくしかなかった。

求めているのは、笹澤の勤め先である病院だ。

何度訪ねても部屋は留守。しかし、仕事には出勤しているはずだ。これほどのマンションに住めるのは開業医の可能性が高く、移転が簡単にできるとは思えない。

「あら、もしかしてベスちゃん？　犬明先生のところの！」

住人への声のかけ方を悩む必要はなく、犬たちが真っ先に騒いでくれた。

チワワ、シーズー、ミニチュアダックスフント。メジャーな小型犬の揃い踏みだ。

ベスはさすがのコミュ能力で、ペット繋がりのご近所付き合いは高級マンションであろうと生まれていた。

「おはようございます。先生に散歩を任されまして、高槻と申します。しばらくこちらでお世話になる予定です」

春は丁寧な挨拶と共に、にっこりと笑む。

美青年に微笑まれて悪い気になる者はいない。なにより犬明昇のネームバリューで話は弾み、頃合いを見計らって笹澤の名前を持ち出した。

「そういえば、このマンションには笹澤先生もお住まいでしたよね？」

「えっ、ほかにも小説家の先生がいるの？」

「あ、いえ、笹澤先生は作家ではなく……」

医者だと詳しく説明するも、三人の住人は残念ながら誰も知らないようだ。

「このマンション、住人が多いものねぇ。いろんな職業の方もいらっしゃるし……有名なのは、犬明先生くらいじゃないかしら」

「そうそう、先生が越してきてから、管理組合の総会の出席率が上がったものね」

「えっ、気のせいかなって思ってたんだけどやっぱり？　先生、ハンサムだし、気さくに話しかけてくださるから人気よね」

笹澤の話を続けようにも、あっさりと犬明の話題に引き戻される。

「あ、あの……」

どうやら小説家先生のほうは大層評判がよく、春が口を挟む隙もなかった。

「小説家らしくないところがまたいいのよ！　そういえば、前にどこかの記事で、趣味はマリンスポーツだって言ってらしたわ」

「えっ、ウィンタースポーツよ。スキーとスノボなさってるって聞いたもの」

「でも、サーフボードを車に載せてるところを見たから」

「それ、スノーボードじゃなくって？」

「あのっ、夏は海で、冬は雪山なんじゃないですかねっ！」

春は声を張り上げ、唖然《あぜん》となる三人ににこりと笑んだ。

「で、お医者様の、笹澤先生のことなんですけど」

「私は知らないから……」

「ほかの方にも訊《き》いてみてあげたら？」

「そ、そうね、ご家族がお世話になった先生ならご挨拶したいわよね」

「本当ですか！　ありがとうございますっ！」

春は声を弾ませ、病院の場所に触れることも忘れなかった。

「あっ、母がお世話になったのは随分前なので、病院が今も同じ場所にあるかも確認してもらえませんか？　以前は青山《あおやま》のクリニックでした」

でたらめだけれど、違っていればきっと正しい場所を答えてくれるだろう。


「犬明先生！」

その日、カフェの窓際の席で、犬明がパソコン作業をしていると、待ち合わせの編集者は申し訳なさそうにやってきた。

日に日に暖かさを増す三月も半ばの午後だ。

「お待たせしてすみません」

「僕が早く来ただけだよ。ついでだから少し作業をしようと思って。晶川《あきがわ》くん、わざわざうちの近くまで来てもらって悪いね」

晶川夕麻《ゆうま》は神楽坂出版の編集者だ。本来の犬明の担当編集者が病み上がりのため、しばらく彼が窓口を続けてくれることになった。

「座りなよ。なにか飲むだろう?」

メニューを渡すと、犬明の右手に目を留め焦り顔になる。

「手、まだ治ってなかったんですかっ⁉」

怪我をした際、晶川は現場に居合わせていた。今日でそろそろ二週間になる。

「全治十日のはずじゃ……」

「こっちに戻って、かかりつけの病院で診てもらったら、状態が芳しくなくてね。でも、少し延びただけだから」

「す、すみません」

「なんで君が謝るの。僕が勝手に転んだだけだよ」

「でも、あれは僕が招いたようなもので……」

席に着いてからも、晶川は引き続き身の置き所のない顔をしている。

「君のせいだって言うなら、本屋敷《ほんやしき》くんのせいってことにもなるよ?」

本屋敷平《たいら》。誰もが知る若手小説家の一人だ。奥鬼怒川温泉での犬明の執筆作業に晶川が同行してくれたところ、ズレた嫉妬心を募らせ、あろうことか追いかけてきた。

本屋敷平は晶川の恋人である。

道端でのラブシーンを目撃するという、予期せぬ形で犬明はそれを知ってしまい、驚いて足を滑らせ手を負傷した。

晶川が気に病むのも無理はない。けれど、怪我をしたのは自分の間抜けなミスに過ぎない。同性愛者にも偏見はなかった。

「本当にすみません。大丈夫……じゃないですよね」

「ははっ、大丈夫だよ。少しギプスを調整して短くしてもらったから、指先も動きやすくなったし。あのときより作業もできる。最初から調整してもらえばよかったのに、原稿を半分落として迷惑かけたのはこっちだよ。悪かったね」

「いえ、とんでもないです！」

文芸誌『モザイク』は二十周年の記念号だったにもかかわらず、予定の半分を落としてしまい、残りは後編として次号に掲載されることになった。執筆もこれからで、年間のスケジュールも調整が必要だ。

晶川は手提げ袋をすっと差し出した。

「本当にご迷惑をおかけしました。お口に合うかどうか判りませんが、先生はワインがお好きだと伺いまして」

「……晶川くん、気を遣いすぎだよ、これは」

中を目にした犬明の反応で、品名を知っていると晶川は察したようだ。

「からすみ餅、ご存知ですか？　実は僕は食べたことがないんですが、石尾《いしお》が『お酒の好きな先生なら間違いない！』と一押しするもので」

「イシオさん？」

「弊社の編集です。僕の隣の席で、先生には何度もお会いしてると豪語……いや、申してました」

「そうか……パーティで会ったのかな」

人の多い場でも大抵一度で顔と名前は記憶する犬明だが、よほど印象が薄かったのか、まるで覚えていない。

「うん、確かに絶品に違いないよ。誘惑が多くてまいるな」

「誘惑？」

今夜もワインが飲みたくなりそうだ。笑って誤魔化すも、「お好きでしたら、是非」と再び勧められ、ありがたく受け取ることにした。

打ち合わせはスムーズに進んだ。本来、編集の手を煩わせない優等生である犬明は、電話やメールで充分なくらいだ。

しかし、晶川に会うのは嫌いではない。

注文したコーヒーを飲んで一息つく男を、犬明はつい眺める。窓越しの午後の日差しを受け、まるで内から発光しているかのようにキラキラと輝いている。

聞いたところ、晶川はクォーターだそうだ。モデルやタレントであるほうがしっくりくるほどの美形で、日に透ける明るい髪色も加われば、表の歩道を歩く人さえ窓越しに目を向ける。

――目の保養だな。

犬明は、美しいものは男女問わず美しいと素直に思う。これまで同性を恋愛対象にした経験はなく、おそらく犬や花を愛《め》でるのと同じ気持ちだ。

普段ならば手放しで褒めるところ、心の内に留め置いた。

この場にいないあの男が、またジェラシーを滾《たぎ》らせないとも限らない。

「そういえば、本屋敷くんはどう?」

代わりに様子を問うと、晶川は手にしたコーヒーカップを大きく揺らした。

「どっ、どうとは……」

「いや、原稿で無理してもらったから、大丈夫だったたか気になって」

半分落とした原稿の代原を書いたのは本屋敷だ。自身の原稿さえ度々落とす気紛れな男が、ライバルとも言われる犬明の穴埋めをしたなどと、読者は思いも寄らない。

「すこぶる元気でいらっしゃいます」

晶川はすっと眉根を寄せた。

元気でよかったという顔ではない。

「元気に猫の世話をしたり、昼寝をしたり……この数日は、庭に紛れ込んでくるようになった野良猫の新入りにもご執心です。『勝手に来てるだけ』とか、『そのうちいなくなる』とか口先では言ってますが、次の原稿のプロットさえやる気配もなく！」

「そ、そうなんだ……」

どうやら本屋敷が真面目に原稿に向かう気もないのが、編集者としては不満のようだ。

「猫を増やすなって言ったばかりなのに」

「猫の数が関係あるの？」

「猫を飼う作家は原稿が遅いんです。その証拠に、犬明先生は犬を飼ってらっしゃるでしょう？」

「いや……そんな因果関係あるかな。僕は猫も好きだよ？」

「好きか嫌いかじゃないんです。一緒に暮らしているかどうかです。今八匹も飼ってるんですよ、あの猫屋敷先生は！」

「猫屋敷先生……それはなんていうか……筋金入りだね」

ご愁傷様とでもいうような口調になってしまった。

「で、君たちはちゃんと付き合うことになったの？」

「……え」

飛躍した質問に、晶川が動揺したのが手に取るように判る。

作家にしては見るからにタフそうな男の体調よりも、実のところ二人の行く末のほうが気になっていた。嫉妬に狂って追いかけてくるほどの仲にもかかわらず、『まだ付き合ってもいない』などと聞かされては。

晶川は観念したように答えた。

「交際六日目です」

あれからしっかりと纏まったらしい。

「それはよかった」

犬明は満足し、にこりと笑む。

「それより、先生のほうはどうなんですか?」

「僕?」

緩いネイビーのニットに包まれたギプスの右手に、晶川の視線は向かう。

「先生、身の回りの世話をしてくれる人はいるから大丈夫って言ってましたけど……彼女さん、戻って来られたってことですよね?」

奥鬼怒からの帰り道、晶川に弱音を零すようなことを言ったのを思い出す。

怪我でナーバスになり過ぎていたのか、一人きりの暮らしを憂えた。恋人と別れて一年、とうに慣れたはずの暮らしに。

犬明は苦笑し、緩く首を振る。

「世話してくれてるのは、彼女とは似ても似つかない人だよ。DNAレベルでは似てるだろうけど」

「DNA？」

「彼女の弟がね、今家にいるんだ。ベスの散歩とかいろいろ手伝ってくれてて、助かってる」

もう一週間になる。

元彼女の弟が世話をしにくるという状況が、晶川には一つ飲み込めない様子だ。首を微かに捻り、日差しを浴びた髪がまたキラリと輝く。

「彼女さんの代わりに来てくれたってことですか？」

「代わりなのかな。事情があって……彼が今住むところがないって言うから。まぁ、部屋は余ってるしね」

「じゃあ、彼女さんは……」

「来てないし、戻ってもないよ」

あまりにも『彼女さん』と連呼するので可笑《おか》しくなってしまうも、晶川からは笑いは返らなかった。それどころか心配げな曇り顔だ。

「あの、違ったらすみません。先生は、まだお好きなんじゃないですか？　彼女さんのこと……でなきゃ弟さんを家に住まわせたりはしないでしょう？」

「……どうだろうね。嫌いにはなれてないかな、今のところ」

「だったらっ……」

お節介なんて君の顔には似合わない。などと言って軽く突っぱねるには、あまりにテーブルの向こうの男の顔は真剣で、適当に茶化し損ねた。

「晶川くん、ありがとう。でも、僕の気持ちがどうだったとしても、彼女とは終わってるからね」

犬明は、晶川の眼差しに応えるように吐露した。

「彼女にはもう新しい恋人もいるから」

晶川との打ち合わせを終え、帰宅したのは午後四時頃だった。

出るときはいつもどおりだった部屋は、戻ると賑《にぎ》やかになっていた。

騒ぐ声が遠く聞こえる。「あーっ」だの「わーっ」だのと、言葉にならない悲鳴のような春の叫びが響き、何事かと狼狽《うろた》える間もなくバスルームのほうからそれが飛び出してきた。

「先生、ベスを止めてっっ‼」

いつもの出迎えではなかった。パニック気味に突進してきたベスはずぶ濡れで、自慢の毛は重たく寝そべり、茶色い飴玉《あめだま》かなにかのようだ。

大きな飴玉は体をぶるっと震わせ、豪快な振りに盛大な水飛沫《みずしぶき》が上がる。

「わっ、ベスっ、ちょっ、おまえっ!!」

「先生、大丈っ……夫じゃないね」

必死で引き留めようとしたのか、追いかけてきた春のスウェットも上下とも色が変わり、思いっきりシャワーでも浴びたみたいだ。

「……君も大丈夫じゃなさそうだ」

「ごめん、ベスを洗おうとしたら逃げられて。さっき散歩行ってきたんだけど、昨日の雨で公園のドッグランがまだぬかるんでて」

「水嫌いでシャンプーだけは一苦労なんだよ。いつもはもうプロに任せてるんだけど」

水は嫌うくせに、犬の習性か、雨上がりの公園ではテンションが上がって泥を体になすりつけたりする。

伝えておくべきだったと後悔しつつも、足元でしゅんと項垂《うなだ》れた様子のベスと、同じくすまなそうな顔の春を怒る気にはなれない。

「手伝うよ」

「えっ、でも……」

「君一人じゃ厳しいだろ。手伝いの手は一つでも多いほうがいい」

元気で水濡れの問題もない左手を掲げて見せる。

部屋着に着替え、犬明もベスのシャンプーに加わった。バスルームの洗い場は数人増えても大丈夫なくらい、悠々とした広さがある。作業の役には大して立てず、出入り口側をガードするくらいだけれど、主人の参戦に観念したのかベスはやけに大人しくなった。

途中、『まだ？』『あと、どのくらい？』と情けない目をして何度もこちらを振り返るのはご愛嬌《あいきょう》だ。

「ベス、あとちょっとだから我慢だ」

泡だらけの愛犬を宥《なだ》め、ポンポンと腰を軽く叩《たた》く。シャワーで洗い流される頃にはベスもようやく慣れて、温《ぬる》い湯に心地よさげな表情さえ見せた。

「春くん、泡が」

その場でタオルドライを始めたところで気がついた。

春の髪は濡れていた。側頭部は泡まで垂れ落ちるほどだ。

「シャンプー使い始めたときに逃げられたから、撥《は》ねたんだと思う」

「すぐ洗い流したほうがいい。犬用シャンプーだから低刺激のはずだけど」

「うん、ベスを乾かしてから……」

「そっちは僕がなんとかするし、ドライヤーは後でもいいから」

春は生返事で、ベスの大きな体をゴシゴシと拭い続けている。

「春くん」

「うん、判ったけど……ベスが風邪引いちゃうだろ。いいの先生？」

「ベスも大事だけどね。すぐ洗わないなら、僕が洗うよ？」

脅すように告げると、春はビクリと顔を起こした。

「えっ……せ、先生が俺の頭洗うの？」

そんなに驚くとは思わなかった。もちろん軽い冗談のつもりだったけれど、身を屈《かが》めた姿勢のままこちらを仰ぎ見た男の顔は、とても笑い飛ばせる表情ではない。

戸惑いが伝染した。

「あ、いや、今のは……」

気まずく沈黙しかけた二人の間で、大判のバスタオルに包まれたままのベスの鳴き声がクゥンと響き、春は我に返った様子で視線を犬に戻した。

「だいたい、先生は人の頭なんて洗えるわけないだろ、その手でさ」

誤魔化すみたいに言う。

俯《うつむ》いて犬を拭う男の旋毛《つむじ》だけが、自分のほうを向いていた。さらりとした髪の中心。さして特徴もない右巻きの旋毛に、どういうわけか犬明は既視感を抱いた。

以前も、こんなふうに彼の頭を見下ろした気がする。

「とにかく、後は任せて。ベスはもう僕一人で大丈夫だから、君はすぐに頭を洗うんだ。服も着替えたほうがいい」

タオルドライが終わると、犬明はやや強引にベスを洗面室へ連れ出した。

脱衣室と洗面室は廊下のように横に長い続き間だ。途中の薄いスライドドアは普段は開け放しで、存在すら忘れているような扉だが、バスルームを一旦出た春は丁寧に閉めてから服を脱ぎ始めた。

男同士なのだから、べつにこそこそしなくったっていいだろうにと少し引っかかりつつも、とにかくベスだ。

「逃げるなよ、ベス。頼むから動くな」

ドライヤーを取り出し、犬に懇願する。優しい性格のベスには、きつい命令よりも主人の困り顔のほうがよく効くのか、ドライヤーのゴーゴーとした音にもじっとしていた。

ふさふさの毛並みが戻ってくる。さらさら感とカモミールのほのかないい匂いも加わり、ベスの茶色い目にも輝きが戻った。

「ワンっ！」

赤い首輪をつければ、完了と言いたげな一吠えが上がり、思わず笑う。

「よし、えらいぞ。先に部屋に行ってろ」

春が風呂上がりの濡れ髪で現れたのは、犬明が軽く洗面室の床の掃除をしてキッチンへ戻ったときだった。

「おつかれさん。夕飯、もう作ってくれてたんだね」

コンロには鍋が載っており、煮込み料理の良い匂いも漂う。解放感にリビングをぐるぐると駆けるベスを横目に、春はちょっと気まずそうに応えた。

「うん、今からバイトなんで、作り置きで悪いんだけど」

「適当にすませるから、なくてもよかったのに」

「そうはいかないでしょ。そのために雇ってもらってるんだし」

一瞬、忘れかけていた。元々、完璧なホームヘルパーを望んだわけではないけれど、ふとした弾みに雇い主であるのを忘れそうになる。

ただの同居人のように思えてきていた。

一週間あまりでも、春が家にいるのに馴染《なじ》んだ証拠だろう。元々、誰かと住むために選んだこの家は、一人でいるには広い。

「これは？」

春は、カウンターの端に無造作に置いた手提げ袋に目を留めた。

「ああ、打ち合わせでもらったからすみ餅。一緒に食べようと思ってたんだけど、明日にしたほうがよさそうだね」

「お餅……」

春の腹部が控えめながらキュウと鳴いた。

「お腹空《す》いてるの？」

「今のはっ……」

「じゃあ、せっかくだし食べなよ。温めたほうがいい。表面を少しオーブンで焼くと、格段に美味しくなるんだ」

「へぇ……」

説明にその気になったようだ。手提げ袋から、そっと箱を取り出す。

桐箱の中には、和紙のような紙に一つずつ丁寧に包まれた餅が八つ並んでいた。一見すると、品のいい和菓子のようでもある。

「本当は間食より、お酒のあてにするのが向いてるんだけどね。ワインにもよく合う」

「お餅がツマミになるの？」

「本物のからすみ入ってるから。一つ千五百円くらいだよ、それ」

さらっとした犬明の言葉に、春は見事なまでに硬直した。大福より小さなサイズの餅を手に、明らかに『えっ』となっている。

「こっ、小腹満たすようなもんじゃなくない⁉」

「食べ方に決まりなんてないよ。空腹はなによりのスパイスって言うしね」

「それ、絶対意味が違うと思う」

「美味しく感じられるタイミングがなによりってこと」

改めて包みを見つめた春は、納得したのかと思いきや、箱に行儀よく並べ戻した。

「じゃあ、明日にする」

「食べないの？」

「うん。明日はバイト休みだから、そんなにとっておきのものなら先生と一緒に食べたい」

そっと元通りに箱を閉じる横顔に、犬明は目を奪われた。

視線に気がついた春は緩く笑った。

「だって、ワインのツマミにするのがいいんでしょ？」

「……ああ、そうだな。じゃあ、代わりに夕飯を食べて行くといい。せっかく作ったんだし、バイトのカフェバーって、まかない飯が出るわけじゃないんだろう？」

「あ、うん、まぁ……」

犬明は、無意識に頭に左手を伸ばした。

濡れた髪が寝そべり、余計に小さくなって感じられる春の頭を、まるでベスにするようにポンと軽く叩いた。驚く春の眸《ひとみ》の色は変わっていないのに気がつく。

髪色が明るくなろうと、昔と変わらず黒に近いダークブラウン。

「その前に、髪を乾かしてきなよ。用意しといてあげるから」

「……やっぱ、やりづらい」

誰にともなく呟いたつもりの春のボヤキは、店内の喧騒《けんそう》にもかかわらず、カウンター越しの男に届いた。

「えっ、やっぱり～？　俺も思ってたんだよね～。ボックス席増やしたせいで、奥の通路狭くなっちゃってさぁ」

応えたのはドロップスのボーイ、剛琉だ。春はカウンター内で注文のドリンクを作っているところだった。

平日で店内は空いたテーブルも目立つとはいえ、結構な大きさのＢＧＭもかかっているのに、今の呟きを聞かれるとは思わなかった。

「通路の話じゃないよ。俺のただのプライベートな独り言」

「なんだよ。仕事中の私語は厳禁な」

「私語って独り言も入んの？」

どちらにしろ本気で言っているわけではない剛琉は、むしろ春のプライベートに興味津々だ。今もカウンターの外から身を乗り出してきて、追及する気満々。ボタンを外し過ぎたシャツの襟元から、自慢の胸筋が無駄に覗く。

ボーイに制服は特にないけれど、みな似たり寄ったりの格好をしている。春もノーネクタイの白シャツに黒のパンツ。スリムなパンツは細い腰を一層小さく締まって見せた。

「笹澤センセ、まだ見つからないいんだっけ？　マンションまで潜り込んでるってのに」

「なかなか知ってる人に出会えなくてさ。犬の散歩だけじゃ、声をかけられる人も限られてるし」

溜め息の漏れる状況ながら、春が今頭によぎらせていたのは笹澤ではなかった。

グラスに注ぐシャンパンにさえ、ふと思い返した。連鎖的にシャワーの飛沫とか、触れた温かさ。

身を打つ湯ではなく、キッチンで頭に触れたあの手のことだ。

濡れた髪が冷たくなり始めていたせいで、余計に熱を感じた。つい今しがたの出来事かのように、何日も前に一瞬触れただけの手を思い起こせる。

もう先週のことだ。

次々とシャンパンを注ぐグラスに、視線は吸い込まれる。店内の照度は低いが、カウンターはラインで並んだスポットライトが手元を照らしていて、グラスは中の液体ごと眩《まぶ》しくきらめいて見える。

「ハル」

呼ばれて顔を起こすと、剛琉と目が合った。

「なぁ、もう笹澤センセは諦めたほうがいいんじゃないの？」

どういう結論なのか、ちょっと意表を突かれる。

「諦めるとか、そういう問題じゃないだろ。店に支払いがたんまり残ってるってのに」

「そりゃ……そうなんだけどさ。新しい太客《ふときゃく》でも見つけたほうが、建設的じゃない？　店長にもチクチクとイヤミ言われないですむし」

なんとなく、言いたいことが伝わる。笹澤が常連の金払いのいい太客として来ているうちはよかったが、店に借金を残していなくなり、後は数えるほどの指名しか受けていないボーイの『ハル』の立場は今や危うい。

客を選《え》り好みしすぎだと、店に入った当初からみんなに言われているのは知っていた。しまいには、百戦錬磨の手管で、客を限定して商品価値を高めているだとか。

限定商法か。想像力が豊かにもほどがある陰口の数々。意識すると、今も店のどこからか疎ましがる視線を向けられているような気がする。

再びボトルを傾けながら、春は笑みを浮かべた。

「建設的なんて言葉、タケルでも使うんだな」

「おいコラ、俺のほうが年上だぞ。敬え」

外で会うほど親しくはないけれど、店の中で気心が知れているのは、雇われた時期が近いのが大きい。同期みたいなものだ。

「じゃあ、年上の人に質問。初恋の人ってどんなだった?」

「……なんだ、エロい質問か?」

「バカ、違う。初恋だって言ってんだろ」

「初恋でも、二回目でも、ヤることはヤんだろ」

ぎょっとなって剛琉を見る。

「タケルって、肉食系?」

「押して押して押しまくれば、だいたいなんとかなる。初恋の奴《やつ》とは高校の部活のロッカー室だったな～懐かしい。柔道部でさ」

「そ、そっか……」

プッシュが精神論ならいいが、物理的に逞《たくま》しい体を駆使して押し倒したのなら犯罪だ。深く問うのは止《や》めておく。

「ハル、おまえはあれか。得意の引いて引いて引きまくるってやつ? 逃げられると追いたくなる心理、突くの上手そうだもんな」

「だから、初恋の話だって。そんな駆け引きする余裕ないよ。それに、俺は『いいな』って思ったときにはもう振られてたし」

「意外だな。ゲイのあるある話のほうか。好きになったらノンケで、泣く泣く諦めたってやつ?」

トレーにグラスを並べ終えた春はふっと笑った。客の元へ向かいながら答えた。

「まぁね。それに、その人は姉さんの恋人だったからさ」

ギプスとの付き合いも三週間目ともなると、左手中心のタイピングにもすっかり慣れた。

軽快にキーボードを叩き続けていた手を犬明が止めれば、深夜の書斎は途端に静かになる。

執筆中に音楽などをかけず、無音を好むときは調子のいい証《あか》しだ。

「もう一時か……」

このままいくらでも書き続けていられそうな気がするも、予定の時間は過ぎている。

規則正しい生活が犬明のモットーだ。気力の充実した体でなければ、良い文章など生み出せるはずがない。健康に気を遣った食事も体作りのジムやランニングも、すべてはストイックに仕事に繋がっている。

集中力を欠かないよう、シンプルに機能性を追求した書斎は、未来感溢《あふ》れるオフィスのようだ。パソコンの電源を落として、二十七インチのモニターから光が消えれば、部屋はますます沈黙したようになる。

リビングに向かいながら、そういえば春の気配がないのに気がついた。

「……いつの間に」

まだバイトから帰っていないのかと思いきや、コーナーソファに寝そべっている。

眠っていた。傍らには犬用ベッドの大きなフロアクッションがあり、ちょっと困り顔でこちらを見上げたベスが、伏せた姿のままゆるゆるとしっぽを振った。

ソファからだらりと落ちた春の手が、ベスの体の上に乗っかっている。撫でているうちに眠ってしまったのだろう。

帰宅してすぐからこの状態らしく、服は外出用のジャケットを着たままだ。

「春くん、風邪を引くよ」

一人と一匹の傍に身を屈ませながら、声をかけた。

俯せ気味で表情は窺いづらく、代わりに旋毛が見えた。見かける度に既視感を覚える旋毛。

昔と変わりないのは、今ではその右巻きの髪の生え具合だけではないと判っている。

一人の人間が、数年でそうそう変わるはずがなかった。

旋毛に、眸の色。目鼻や顔立ちもよく見れば同じなら、その内は——中身はどうなのだろう。

人はどこまで変わるものなのか。

「春くん」

二度目の呼びかけで、春の体はようやく動いた。ベッドの上とでも勘違いしているのか寝返りを打ち、手近にあるものを寒そうに縮こまらせた身に引き寄せる。

「クッションは布団じゃないよ」

犬明はくすりと笑った。

零れるように額に落ちた春の前髪は、指先で触れただけでもさらさらしているのが判る。旋毛が右巻きのせいか、いつも流れはやや左寄りだ。

目が開く気配もないのをいいことに、じっと見つめた。春も眺めるに値する美形には違いないが、鑑賞にしては編集者の晶川を前にしたときとはなにかが異なる。

くすぐったい笑いのようなものが込み上げた。微笑ましさならば、ベスへの愛着に近いのかもしれない。

——犬と同じなんて知ったら、さすがに気を悪くするか。

「春くん、そろそろ起きなよ」

肩を軽く揺すると、「ん」と鼻にかかった呻《うめ》きが漏れ、なおも揺すれば身長のわりに長く感じられる腕が伸びてきた。

犬明の首筋に、一息に成長した植物の蔓《つる》みたいに絡みつく。

「……ん、起こして」

誰かと勘違いでもしているのか。寝ぼけて甘えられるような関係ではないはずだけれど、べつに嫌な気もしない。求められるままに起き上がらせようとして気がついた。

微かに鼻を掠《かす》める、アルコールの匂い。体も熱っぽく、どうやらただのうたた寝ではなく酔っているようだ。

「バイトだったんじゃ……」

カフェバーの店員は勤務中に酒を飲むだろうか。客に振る舞われるのが仕事のキャバクラのような接客業じゃない。

仕事帰りに飲んだのかもしれない。

——誰と？

知る由もなかった。春のプライベートについて犬明はほとんど聞かされておらず、詮索するつもりもなかった。

「……先生」

呼ばれてギクリとなる。

目覚めてはいない。首に絡みつく腕は二本に増え、上半身をしっかり起き上がらせたにもかかわらず、体重はすべて犬明に預けられたままだ。

重力のままに引きずられそうになる。

「先生」

繰り返す声がなければ、ほかの誰かと勘違いしていると思ったかもしれない。

「先生」

春は何度も呼んだ。掠れた声で。熱っぽい声で、震える声で。

響きに甘さを感じたのは、自分の脳の起こした錯覚だったのか。

衣服越しの温もりは、ぎゅっとしがみつかれた拍子に触れ合わさった頬で、一気に生々しい体温に変わった。三十六度だか、それ以上だかのリアル。

「ねぇ、先生」

トクン。

犬明は鼓動までをも感じた。

やがてトクトクと強く打ち、高鳴る音は、春のものではなく自分の心臓が拍動する音だった。


翌日は、ファッション誌の編集者との打ち合わせで街へ出た。

ファッション以外にもライフスタイルに関する特集を幅広く組んでいる雑誌で、犬明は定期的にコラムを書いており、ときにはモデルとして誌面にも登場している。

作家の休日。作家のワードローブ。小説家の着回しが、読者の生活様式に関わるとは思えないもののそれなりに好評らしい。

ついでに原稿作業もしようと、打ち合わせを終えても喫茶店に一人残った犬明は、スマートフォンでスケジュールを確認して溜め息をつく。来週はクリニックの予約を入れていた。

三週間が目途だと聞いていたから、そろそろギプスは外せるだろう。

喜ばしいはずの日を前に、浮かない理由を考え、また溜め息だ。

二度目の溜め息は、店内のざわめきに掻《か》き消された。アンティーク調のテーブルや椅子の並んだ店は、落ち着いた正統派の老舗喫茶店だ。さほど混んではいないが、周囲のテーブルの声は時折耳に届く。

――隣は小説家か、漫画家か。

この周辺は出版社も多く、作家の打ち合わせに遭遇することも珍しくない。元々、人間観察も趣味の犬明は密《ひそ》かな推理を楽しんでいたけれど、編集者の声ばかりが一方的に響き、作家の男の声はほとんど聞こないため判断をつけかねた。

まさか、独り言ではないだろう。

隣と言っても、階段が備わるほどの段差と手摺《てす》りに阻まれ窺いづらい。思い切って仰ぎ見た犬明は、「あっ」となった。

思わぬ知人の姿に目を瞠らせる。

打ち合わせは終わったようだ。挨拶もそこそこに編集者を残して帰る男の後を、慌てて会計を済ませて追った。

「本屋敷くん！」

歩道をもうだいぶ歩き去っていた男に声をかけた。ちらと振り返った背の高い男は、道端で話を弾ませるどころか、あろうことかそのまま歩き出す。

「ちょっとっ、気づいて無視はないだろう」

「……ああ」

「ああって、君ね」

本屋敷が自分を嫌っているのは、相変わらずのようだ。それにしても、社交性も礼儀もどこかへ捨て去った男の露骨な態度は、大人げなさすぎて呆れる。

「どうも、じゃあ」で立ち去ろうとする本屋敷の隣に、犬明は強引に並び歩いた。

揃って長身で歩幅も広い。結構なスピードだが、通行人が道を開けるのは、黒いニットに黒いパンツ、浅黒く日に焼けた肌と全身黒ずくめの男が強面《こわもて》なせいだろう。

「本屋敷くん、『モザイク』の原稿では世話になったね。間に合わせてくれて助かったよ。君に礼を言わなきゃと思ってたんだ」

「ああ」

「ありがとう。ここで会ったのもなにかの縁だし、礼をさせてくれないかな」

「いらん」

「お茶でもご馳走《ちそう》するよ。食事でもいいし、いくつかこの辺りも知ってるいい店があるんだ」

「断ってんだろうが！　なんで礼で嫌な思いしなきゃならねぇんだ。茶も飲んだばかりで、腹もいっぱいだ」

食い下がる犬明を、片言で突っぱね続けていた男は、足を止めるとついに感情を爆発させる。

犬明は飄々《ひょうひょう》と笑んだままだ。こんなところも本屋敷が自分を毛嫌いする理由なのは察しているが、変える気はない。

歩道沿いの店の看板が目に留まり、妙案を思いついた。

「じゃあ、そこに入ろう」

「だからいらねぇって……は？」

振り返って背後の店を確認した男はぎょっとなる。

「入ろう。いい気分転換だ。本屋敷くん、なにか不都合でも？　ああ、僕とそういう店に入るのは自信がない？」

挑発的に言い募れば、周辺とは明らかに趣の異なる店へ向け、本屋敷は無言で歩き出した。

歩道の端には、いかがわしさすら漂うピンク色の文字で料金体系の書かれた置き看板がある。最初の三十分が基本料金で、あとは十分刻み。店は二部営業らしく、今は昼のサービスタイムだ。

入口へと続く狭い通路には、店の子たちの写真がずらりと並んでいる。

「なかなかレベルの高そうな店だね。サービスしてくれるといいけど」

先を行く男の表情が窺えないのを残念に思いつつ、犬明は言った。


「……なんでこんなところに」

店の壁際のベンチシートに腰を下ろした本屋敷は、早速のモテぶりを披露しながらも不本意そうに零した。

「いいじゃないか。君もモテモテだ」

「こいつらの目当ては俺じゃねぇ」

積極的に男を囲む店自慢の美しい子たちは、もれなく『ニャア』と鳴いた。

目当ては、入店時に勧められて買った鶏《とり》のささみだ。

小さなタッパーから解《ほぐ》したささみを与える本屋敷の男らしい手に、我先にと群がるケモノたち。二人分ほどの間隔を置いてシートに並び座った犬明は、笑いを堪《こら》えるのに苦労した。

ここは愛猫家の集う猫カフェだ。

間口のイメージよりも店内は広い。森をモチーフにしたインテリアと、通りに面した窓からの採光で、ゆったりとした午後の空気が漂っている。

「ささみはもう終わりだ。諦めろ、トラ」

現金な猫たちは、ささみが底をつくと同時に波が引くように去るも、一匹の猫がベンチシートの上には残った。

「トラじゃなくて、ちゃんとした名前があるんじゃないの？」

「トラ猫だろ」

「いや、トラ猫じゃなくて……ベンガルじゃないかな。ほら、ベンガルのリュウくんだそうだ。いや、レオンのほうかな」

近くに店の猫たちを紹介するアルバムがあったので、開き見ながら告げるも、本屋敷の大雑把さには変わりがない。

「へぇ、そういやなんか豹《ひょう》っぽい柄してるな」

猫は猫。野良を中心にミックスを八匹も飼っているという男にかかれば、ベンガルもただのトラ猫扱いである。

苦笑する犬明は思い出した。

「そういえば猫屋敷先生なんだって、君？　晶川くんが言ってたよ」

心外なあだ名なのか、本屋敷は不満そうに眉根を寄せる。

「あの人に会ったのか？」

否。あだ名よりも、不満は別のところにあるようだ。

「先週、打ち合わせでね」

「……聞いてねぇ」

「いちいち言わないだろう。打ち合わせぐらい、編集には毎日の業務の一環なんだから」

「疚《やま》しいことがなかったら話すんじゃないのか」

「疚しいって……状況がまったく違うだろう。彼が僕に会うのはただの仕事だよ？」

「仕事でもだ」

まさか奥鬼怒に同行しただけで、関係を疑っているわけでもないだろう。

単に嫉妬深いのか。

本屋敷の精悍《せいかん》な横顔はいつもの仏頂面ながら、拗ねているようにも見える。考えようによっては、子供みたいに真っ直《ます》ぐな男だ。

いつもふてぶてしく、パーティなどで見るかぎり、どんな相手にも遜《へりくだ》ることを知らない男なので忘れがちだが、まだ年齢も二十五、六歳のはずだ。

春とそう変わらない。

しかし、年だけでなく、同じ男とすら思いがたいものがある。酔っぱらった本屋敷に抱きつかれたらと、想像するだけでぞっとした。自分よりも上背があり、作家としては不必要に野性味溢れる男だ。

昨夜の出来事と重ね合わせ、勝手な想像をされているとも知らない男は、『トラ』に求められて空のタッパーを舐《な》めさせていた。

「本屋敷くん、君はいつ自分がそうだっていう自覚を持ったんだ？」

問いは自然に口を突いて出た。

「……は？　猫か？」

「いや、同性愛にはいつどうやって気づいたのかと思ってね」

二人の周囲にはほかの客はおらず、愛想を振り撒いてくれるはずの猫も一匹しかいない。打ち明け話には悪くない環境ながら、むっとした表情だけが返った。

「なんであんたにそんなこと話さなきゃなんねぇんだよ」

ならばと質問を変える。

「晶川くんにも、なにがきっかけで恋愛感情を覚えたんだ？」

「だからなんで……」

「君の勘違いって可能性も、なくはないだろう？　彼はあのとおり類まれな美形だからね。錯覚だったとしても不思議はない」

見据える男は、ついと視線を外した。

教えたくはなくとも、晶川について否定されるのは我慢がならないらしい。

「ヤりてぇって思ったからだな」

呆れるほどにストレートな答えだ。

「ああ……そうか、なるほど」

どうやら野性味溢れるのは見た目だけでなく、そっちのほうも本能に委ねられているらしい。実に彼らしいが、残念ながら参考にはならない。

犬明のその衝動は、本屋敷ほど敏感に湧き上がってはくれない。

犬明は現代人だ。もう少し理性的に恋をする。性欲は人並みにあり、惚《ほ》れればセックスをしたいと思う。抱きたくなる。

しかし、その前にスイッチがあるのだ。恋をしてもいいというスイッチ。通りすがりにどんな美女がセクシーな格好をしていようと、劣情を抱いたりはしない理性の延長に、おそらくその押しボタンはある。

最近では透明カバーでもついてるんじゃないかというほど、滅多なことではスイッチの入らなくなった犬明の内には、今はただ形づかないものがもやもやと滞留していた。

判らないままでいる。

昨夜のあの鼓動の意味。春に抱きつかれて感じた緊張。あれは明らかにぞっとしたのとは違った。ぼんやり霞《かす》んでいながらも、その正体に近いものを犬明は知っているからこそ戸惑う。

「あとは、泣かれたらえらくしんどかったからかな」

もう答え終えたとばかり思った男が、ぽつりと言った。

「泣く……？」

晶川は、どちらかといえば自分と同じ種類の人間だ。いつも理性的に見える編集者の彼が、泣く状況というのが今一つ判らない。

けれど、本当なのだろう。人間的にいろいろと問題のある男だが、本屋敷は嘘《うそ》はつきそうにない。

「泣かれて全部嫌になった。毎晩思い出してムカつくし、自分に腹が立つし、忘れて寝ちまおうとしても全然眠れねぇ。もうヤんねぇって決めても、やっぱりヤりてぇし。だから、俺はあの人のことが大事なんだって、惚れてんだって気づいた」

嘘はつかないというより、つけないのか。

晶川を語る男は、あまりにも剝き出しな感情を見せつけてくる。

「……そうか」

犬明はそれだけを答えた。らしくもなく言葉を失い、不意に膝に飛び乗ってきた猫を受け止める。

豹に似た柄のベンガル。猫好きの本屋敷よりも、いつかみたいに自分を選んだのかもしれない。けれど、それさえからかいのネタにする気にはなれずに、美しく柔らかなその被毛をただ撫で続けた。

だいぶ日が長くなったのを、帰りの電車の窓からの街並みと空に感じた。

西の夕焼け空。連なるビルの向こうへ沈まんとする太陽の周囲に、霞《かす》みがかったように広がる雲は、今一つ晴れない心中でも映し出しているかのようだ。

犬明《いぬあけ》は普段の移動は車を好むが、怪我《けが》をしてからずっと運転はしていない。行きはタクシーを利用し、帰りは迷惑顔の本屋敷《ほんやしき》に合わせて電車にしたものの、路線が違い、駅で早々に別れた。

今頃、別れられてあの男はせいせいしているだろう。苦い笑いが込み上げるも、不思議と嫌いにはなれない。単純と複雑。図太さと繊細さが同居した男で面白い。モデルに小説を書くのもよさそうだと、知れたら憤慨されそうなことを考えてみる。

一方で、電車の振動を感じていた。ドア口に長身を持たせかけて立つ犬明には、規則的な揺れは大きく響き、電車の鼓動でも全身で聞いているかのようだ。

同性愛に関して偏見がなく、本屋敷や晶川《あきがわ》にもまるで嫌悪感を覚えないのは、自分にもその片鱗《へんりん》があるからかもしれない。

春《はる》のなにかがスイッチに触れようとしたのか。

これまでの恋愛はすべて異性に限られていた。それこそ、無意識に自分をコントロールしてきた可能性はある。マイナーよりはメジャー、マイノリティではなくマジョリティ。自分は常に多数派でいようとするところがある。

そのほうが楽で合理的だからだ。世の中の多くは平均的な規格でできている。電車のつり革の高さも、窓の大きさも、見える景色のあれもそれも。

恋愛も同じ。

扉が開く。最寄り駅で人の流れに乗ってホームに降りた犬明は、マンションまでの帰路につきながら、戒めるように思った。

もし自分にその気があるのなら、間違っても元彼女の弟に手を出したりしないよう、気をつけねばならない。春に時折覚える微笑《ほほえ》ましさ。あれもベスへの愛着とは大きく異なるものならば。

保護する透明カバーを開けてまで、自分がうっかりスイッチを入れるようなことはないだろうけれど——

『先生』

マッチ棒みたいだと春が言った目指すタワーマンションを仰げば、声が耳に蘇《よみがえ》る。

甘いような切ないような、あの声。

あれは本当に酔って寝ぼけただけなのか。

今朝、訊《たず》ねてみても、春は家に帰ってからのことはあまり覚えていなかった。ベスを抱いて撫《な》でているうちに心地よくなって眠ってしまったそうだ。

夢でも見たのかもしれない。

どんな夢だ。自分を何度も呼ぶ夢——囁《ささや》くような掠《かす》れ声で何度も。

「先生！」

犬明は不意に高い声で呼ばれ、ドンと背中でも突かれたみたいにそちらへ顔を向けた。

意識が散漫でも足は歩き続け、もうマンションまで辿《たど》り着いている。そのままエントランスへ吸い込まれるように向かおうとして、前庭でお喋《しゃべ》りをしていた住民に呼び止められた。

「犬明先生、お久しぶりです〜」

チワワ、シーズー、ミニチュアダックスフント。リードをピンと張らせてこちらへこようとする犬たちはよく知る三匹で、三人組の主婦もマンション内の顔見知りではある。

「こんにちは。ああ……もう、『こんばんは』ですかね」

移動の間に日は沈み、西の空も緩やかに暖色を失いつつある。女性たちは挨拶もそこそこに、先を競うように話しかけてきた。

「聞きましたよ、先生！　ケガをなさったんですって？」

「ベスちゃんの散歩をしてる若い子から！　タカツキくん……って言ったかしら」

「大丈夫ですか？　なにかと不便で大変でしょう？　お役に立てることがあれば」

犬明は勢いにたじろぐも、すぐに持ち前の社交性を発揮して微笑んだ。もはや反射で頬の筋肉は動く。

「もう大丈夫です。見た目ほど大したことはないんですよ、ギプスももうすぐ外れますしね。ご心配いただいて、すみません」

足元に集まった犬たちの頭を、挨拶代わりに左手で順に一撫でした。

「よかったわ〜散歩の彼も最近見かけないから、気になって」

「彼も夜は忙しくて、夕方の散歩は少し早い時間にしてくれてるんです」

「あら、じゃあまだ先生のところに？」

「ええ」

「でしたら、伝えてくださいますか。笹澤《ささざわ》先生のこと、ほかの方々にも訊《き》いてみたんですけど、最近は誰もお見かけしてないんですって」

「え？」

テンポよく答えていた犬明の顔から、据え置きの笑みが消えた。

相槌《あいづち》を打ち合う三人は通じ合っている様子で、女性の一人が言った。

「お医者様の笹澤先生、捜してらしたから」


週末を前に、桜の開花宣言が出た。

この街に紛れ込むように住みついたときには意識しなかった並木道が、桜だと春は知った。

そして、夕飯の買い出しに来た近所のスーパーの入口では、開いた口が塞がらないという顔になる。

「……あるんだ、こんなとこ」

件《くだん》の地球の裏側にも繋《つな》がっていそうなスーパーだ。食材が多国籍すぎるだけでなく、駐車場はバレーパーキング方式だった。自ら駐車スペースに停《と》める必要がなく、スタッフに鍵を渡してささっと入店する、『ここは高級ホテルですか』という世界だ。

もちろん徒歩の春には関係がない。『庶民お断り』の注意書きもなかったけれど、気持ちは小さくなりつつ入店した。

食費は犬明から渡されているので、資金は充分にある。ただ、これまではつい節約を意識して、遠いスーパーまで足を運んで買い出しをしていた。

今日、やってきたのは景気づけの料理のためだ。

犬明の様子がなんだかおかしい。

早朝からランニングの規則正しい暮らしぶりは変わらず、一見これまでどおりの小説家先生ながら、なにかが微妙に違う。

春との会話も減った。書斎に籠る時間が微妙に増え、執筆のためと言いつつ存在をするっと躱《かわ》されてでもいるかのような違和感。

数日前までは、普通だったはずだ。

酔ってソファでうたた寝をしてしまったあの日——翌朝、覚えているか問われた。

まさか、なにか取り返しのつかないことでもやらかしてしまったのか。焦って訊ねても、『飲んで帰ってくるなんて、珍しかったからさ』と犬明は笑うばかりだ。

いつもの優しい笑みと、変わらぬ声で。

春は、押しかけた日の犬明の言葉を思い返した。

『広い家ってのはさ、快適だけどなにも生まないところがある』

確かに、同じ家にいながら顔を合わせなくとも自然で、たとえ同じ部屋にいようと言葉もなくするすると過ごせてしまう距離感。雨が降っても風が吹いても嵐がきても、きっとなんのストレスも軋轢《あつれき》も生まない。

今日はバイトが休みだ。違和感の正体がなんであろうと、まだ忙しい犬明に精一杯のご馳走《ちそう》でも作ろうと、異次元なスーパーにやってきた。

珍しい食材がテンションを上げるのかもしれない。

広い店内は、世界のすべてがここに持ち込まれて陳列されているのではないかというほどの品数で圧倒される。

「あ……」

きょろきょろと落ち着きをなくしていた春は、野菜コーナーの一角で足を止めた。


マンションの部屋に戻ると、留守番のベスは玄関まで迎えにこず、正午過ぎに出かけた犬明が先に帰宅していた。

キッチンのエスプレッソマシンでコーヒーを淹《い》れる男の姿に、緊張を覚える。たぶん春にしか判《わか》らない、瞬き一つ、呼吸一つ分くらいの引っかかり。

「買い物に行ってたのか」

スーパーの茶色い紙袋を抱えた春に、犬明はワンテンポ遅れて微笑んだ。

「あ、うん、今日はバイト休みだし。そこのスーパーでアーティチョークを買ってみたんだ。オーブン焼きの美味《おい》しそうなレシピ見つけたから」

「へぇ、気に入ったようだね」

「ほかにもいろいろ買ったよ。肉とか魚介類も……」

紙袋からカウンターへ巨大蕾《つぼみ》を取り出すと、脇から伸びてきた手に、春は『あっ』となった。犬明の捲《まく》り上げたグレーのシャツの右手に、見慣れたものがない。

「……ギプス外れたんだ？」

「ああ、おかげさまでね」

掲げた手がひらと動けば、カウンター内の足元にいるベスもしっぽをゆらりとさせる。

春は「よかったね」と明るく応えつつも、『もしかして』と一つの考えが芽生えた。

三週間が目途だと聞いていたギプス。怪我が治れば用無しの自分に出て行ってほしいとは言いづらく、犬明は悩み始めたのかもしれない。

「ちょうどいいや、じゃあ今日はお祝いだね。俺もそろそろベスの散歩係は卒業かな」

いつまでも居座り、負担を強いるつもりはない。けれど、後ろ髪を引かれる思いがあるのも確かで。

次々と取り出した食材を背後の冷蔵庫に移していると、犬明が言った。

「とりあえず家が決まるまでいたらどうだ。僕も当分仕事が忙しいからね。ベスの世話や家事をやってくれる人がいるのは助かる」

思わず、くるりと振り返った。

「本当に？」

「ああ」

「本当にいいの？」

「僕は二言なんてないよ」

「よかったぁ！」

安堵《あんど》に判りやすく表情を緩める。住む場所を確保できたからではなく、犬明の負担になってはいないようでホッとしたからだ。

犬明も目を細めて微笑むも、春が礼を口にした途端に微妙な表情になった。

「ありがとう、先生」

すっと波でも引くように、向けられた眼差《まなざ》しから感情が消し去られる。

「その『先生』って言うのを止《や》めてくれたら、もっと居てもらっても構わないんだけどね」

「え……」

深く問う間もなく、どこかで音が鳴った。

この家で何度も耳にしている軽快なメロディは、犬明のスマホの着信音だ。

「あ……あの、電話……」

反応も鈍く春を見つめていた犬明は、ダイニングテーブルに向かった。端に置いたスマートフォンを手にすると、画面を確認しながらリビングのほうへ移動する。

「美冬《みふゆ》？」

名前一つに、春の心臓は縮んでドクンと鳴った。

広くとも遮るもののない続き間で、否応なしに声は届く。

姉からの電話。犬明はあまり驚いた様子もなく、コーナーソファのオットマンへ軽く腰をかけて話し始める。なにか頼み事でもされているようだ。

首を突っ込むつもりはないのに、春の意識はすっかり奪われ、犬明は通話を終えると視線に気づいた。

「心配しなくても、君がここに住んでることは話してないよ。アルバイトで身の回りの世話をしてもらってるとは伝えてるけどね」

キッチンへ戻りながらの犬明の苦笑に、誤解されたのを感じる。

「あ……うん、ありがとう。じゃあ、今のは……」

「来月、ベスに会わせてほしいそうだ」

「姉さんがベスに？」

「美冬も会いたいだろうけど……病気の女の子が、そろそろ退院できるそうでね。ゴールデンレトリバーの話をしたら、随分興味を持ったらしくて」

ちらほらと会話に出てくる名に反応してか、ベスが足元にじゃれつく。犬明は屈《かが》んで撫でつつも、反応を窺《うかが》うようにこちらを仰いだ。

「君は、美冬の今の相手を知ってるのか？」

「……子供がいる人なのは。それで親と揉《も》めてるから」

姉に新しい恋人ができた。

それだけでも結構な衝撃にもかかわらず、新しい交際相手はバツイチの子持ちで、知らされた両親の嘆きようときたらない。元彼が紳士でハンサムで著名な小説家先生と、何拍子も揃《そろ》っていただけに落差も感じるのだろう。

母親曰《いわ》く、犬明と同じなのは姉が歯科医として勤めている病院で出会ったことくらいで、年齢も一回り以上年上の冴《さ》えない会社員なのだとか。

まだ小学校に上がったばかりの子供は病気がちで、入退院を繰り返しているらしい。最近は男が残業で忙しい日は、姉が代わりに見舞ったり一緒に過ごしたり。

病気は気の毒だけれど、春は当てつけのようだと思った。

存在理由を見失うほど、なんでもできて器用で完璧な犬明の後に、姉は手のかかる困難な男を選んだ。

「……姉さん、なに考えてんだろ。先生にそんなお願いするなんて」

買い物の仕分けをする手も止め、春は言った。

「そんなに変じゃないだろう。ゴールデンはセラピードッグとしても活躍してる犬だからね。ベスも子供は好きだから、きっといい遊び相手になるよ」

「なに言ってるんだよ。変だよ、すごく変に決まってるだろ！　新しく付き合ってる人の子供だよ？　ありえなさすぎるよ」

「美冬は君のお姉さんだろ。もう少し応援してあげても……」

「勝手に苦労すればいいよ。姉さんが自分で選んだ相手なんだから」

カウンターの上の手をぐっと握り締めた。拳を形作れば、自然と上がった肩に力が籠る。

怒り、苛立《いらだ》ち、もどかしさ。ここへ来た夜と同じだった。犬明と姉のことになると、他人事《ひとごと》と無関心でいられない。

心がざわつく理由を、春はずっと以前から知っている。

「春くん、君はどうして……」

怪訝《けげん》そうに問う声を遮った。

「先生はそれでいいの？」

ベスの傍《そば》に立つ、いつも身綺麗《みぎれい》で整った男の姿をカウンター越しに見つめる。

「どういう意味？」

「だって……姉さんのこと、本当はまだ想《おも》ってるんじゃないの？　だから、俺のことだって、ここに置いてくれたんでしょ？」

「はっ、君までそんなこと言うのは勘弁してくれ」

犬明は笑い飛ばした。

ほかにも誰かに言われたのか。

「ベスはね、彼女の犬でもあるんだよ。飼うとき一緒にブリーダーのところへ行って、一緒に選んで、一緒に大人になるまで育てた。だから、僕は別れても彼女が望めばいつでも会わせるつもりだったよ。たとえ、新しい恋人の子供を連れていてもね」

涼やかな表情で語る、あまりにも出来すぎた完全な男。不完全な春は少しも笑えず、少しの共感しかできなかった。

「そんなの、綺麗事だよ。先生は嘘《うそ》をついてる。どうしてなんでもない顔をするの。姉さんは、先生の好意を利用しようとしてるだけかもしれないのに」

認めさせてどうしようというのか。

犬明が今も姉を好きであれば満足なのか。自分が想う隙など一片もなければ、気持ちが勝手に走り出すようなこともきっとなく安心だ。

言い募る春に、追い立てられた男の口から本心はぽろりと零《こぼ》れた。

「僕を利用してるのは、君のほうだろう?」

思いも寄らない方向から剝《む》き出しにされた本音。春の身はただ硬直した。

「聞いたよ。笹澤先生を捜してるんだって?」

「だ、誰から……」

「君に頼まれたって奥さんたちからだよ。笹澤先生は最近誰も見かけていないそうだ」

「それは、あの……」

「お母さんが病気で世話になったなんて、初めて聞いたよ」

「それは……ごめん、嘘をついた。笹澤先生をどうしても捜さなきゃならなくて」

「『先生』か」

頭が真っ白になるとは、きっとこんな瞬間を言うのだろう。

犬明の反応は冷ややかだ。言葉尻を取るようになぞる口調は、どこまでも淡々としていた。

空気の変化を敏感に感じ取ったベスが、主人と春の顔色を窺うように、二人の間を小走りに行ったり来たりする。

犬明はカウンター内へ戻り、エスプレッソマシンに置きっぱなしのカップを手に取った。冷めたに違いないコーヒーを一口飲む。

「医者の笹澤伸也《しんや》氏なら、もうここへは来ない。三十階の部屋は売りに出されてた」

「え……」

「気になって、一応調べてもらったんだ。離婚調停中だそうだ。ここの部屋を拠点に夜遊びしてるのがバレてね」

「そんな、先生は独身だって……」

「このマンションは、本来は投資目的で購入したサブハウスのようだね。それも奥さん名義の。資産家は奥さんのほうで、離婚話も売却も一気に進んだらしい。連絡先も調べてもらったから、必要なら教えるよ」

誰にそこまで調べてもらったのか。

裏事情にまで詳しくて驚くも、犬明なら様々なツテを持っていても不思議ではない。顔も広く、ミステリーの執筆では警察ＯＢの探偵や弁護士の知人などが取材協力してくれていると、インタビューで語っていた。

春の戸惑いに、犬明は苦笑する。

「いつ伝えようか、実は迷ってた。僕は君に調べてくれって頼まれたわけじゃないしね」

「あ、あの……」

「笹澤先生を捜すために、このマンションに潜り込みたかったんだろう？　春くん、僕やベスを利用していたのは君だ。本当のことを言ってくれれば、協力したのに」

返す言葉がない。姉を責められる立場じゃないと言われている。

実際、そのとおりだ。

「……ごめん」

真実が知れた途端に詫《わ》びるなんて、みっともない。謝っても取り返しはつかないと思いながらも、ほかに言葉が出なかった。

「ごめんなさい、先生っ……」

「僕は、君の先生じゃない。君の先生は、笹澤先生だろう？　いろいろと納得がいったよ」

心臓になにか突き立てられたような感じがした。

ひどく冷たいもの。

「笹澤氏の部屋には、綺麗な子が数人出入りしていたそうだ。中には若い男もいて、特にご執心だったのは……一回り以上年下で、パッと見は学生にも見える、細身で整った顔をした、茶色い髪の……」

カウンターの前に並び立った男は、じっと春を見て言った。

「付き合ってたのか？」

春は無言で首を振る。

「じゃあ、遊びか？」

再び強く首を振った。

必死で否定した。真実はなおのこと最低なものであったとしても。

「店のお客さんなだけだよ。笹澤先生は常連で、俺を指名してくれてて……」

飲みかけたコーヒーのカップをカウンターに戻した犬明は、隣から真っ直《ます》ぐにこちらを見つめ続けている。答えを求めているようでいて、本当はそうじゃない気がした。

本当は、すべてをもう知っていて訊いているのではないか。

少なくとも、笹澤が同性愛者であるのは知られていた。

誰よりも知られたくはなかった男に。

春はひびの入った気に入りのカップでも、自ら叩き割ってしまうように言った。

「ゲイバーなんだよ。俺が勤めてるのは」

買い物帰りは春の陽気に感じられた空気は、ほんの小一時間ほどで冷たくなっていた。傾いた太陽のせいか、自分の気持ちの問題か。まだ日は沈む時間ではない。

「ベス、ごめんな」

リードを握り締めて歩道を歩く春はぽつりと零した。散歩中のベスは口を開けてハッハッと息をしており、『なんのこと？』と惚《とぼ》けた顔で、キラキラと目を輝かせている。

思わず頬が緩んだ。無邪気な犬の明るさには、こんなとき救われる。

本当は先に食事の支度をするつもりだったけれど、気まずい空気から逃れるように散歩に出た。いつもより早い時間に辿り着いた公園は、小学生や親子連れなどで賑《にぎ》わっている。

併設のドッグランも、休日並みに利用客が多い。少し待ったほうがいいかと迷ったけれど、リードをつけたまま芝生スペースを一周してみたところ、トラブルになりそうな犬はいなかったので放すことにした。

普段は室内でおっとりと過ごしているベスも、このときばかりは弾丸のように飛び出して走る。まだ三歳の若い犬だ。小型犬から大型犬、見るからに血統のすごそうな犬からミックス犬まで、一匹ずつ全頭に挨拶をして回り忙《せわ》しない。

戻ってくると、今度はいつものボールだ。

宝物を出すよう、前足でジーンズの脛《すね》をかいてせがまれ、春は散歩用の帆布の小さなトートバッグを探った。

「ベスは本当にボールが好きだな」

宝物の緑色のゴムボール。春は大きく振りかぶって投げ、『あっ』となる。

風に流され、思いのほか遠くへと飛んだ。

気温が下がっただけでなく、今日は風も強い。失敗したと焦ったけれど、ベスは普段より遠くまで追いかけるのが楽しいようで、咥《くわ》えてハイテンションで戻ってくる。

「よしよし、ベス、いいぞ。偉いな！　早いな！」

ひとしきり褒めてまた投げた。普段どおりのやりとりながら、ほかの犬の数だけドッグランの誘惑は増える。

ボール投げも満足して落ち着いてくると、ベスは周りの犬にも気を取られ始め、ボールを咥えたまま走り回ったりもするようになった。

公道なら大変だけれど、フェンスに囲まれたドッグランなので、その点は安心だ。

みんなに『いいでしょ？』と宝物を見せて回っているようでもあり、微笑ましい。いつの間にか、フリスビーで遊ぶゴールデンレトリバーも来ていて、ゴールドの明るい毛色も近くて姉妹兄弟のようだ。

犬たちと挨拶を交わして戻ったベスは、『待ったぁ？』とばかりに、春の足元へポイとボールを置いた。

「待ってたよ、モテモテだな、ベス」

力を加減したつもりでも、ボールはよく飛んだ。奥のフェンス際へ落ち、芝生と同化した緑のボールの位置は目視できないものの、ベスは迷わず向かう。

午後四時を回った日差しの元。キラキラと毛並みを輝かせ、走り去っていく。

犬の後ろ姿を見送る春は、その眩《まぶ》しさに目を細めた。

ベスを可愛《かわい》いと思う。愛着も深まり、とても愛《いと》おしい。

散歩は確かにマンションの住民に話しかけるとっかかりになったけれど、けして手段のために世話をしていたわけではなかった。

違うと否定したところで、自己満足の言い訳にしかならないけれど。

犬明の様子がおかしくなったのは、たぶん自分の嘘を知ったからだ。

仕事が落ち着くまでなんて言葉にはもう甘えていられない。むしろ、原稿に追われている犬明の気持ちを煩わせないよう、自らこれまでの礼を言って出て行くべきだ。

——判ってる。

春はその場に立ち竦《すく》むように突っ立っていた。吹き抜ける冷たい風が、髪だけをゆらゆらと揺らめかす。

判ってもすぐに動けそうもないのは、その後がないことも、痛いくらいに判っているからだ。

会えなくなる。ベスにも、犬明にも。

我が儘《わがまま》でも、淋《さび》しいと感じる気持ちは止められない。

春は遠くを見ていた。

「ベスっ！」

なかなか戻って来ないベスを呼んだ。

声を限りに叫べば、奥にいた犬が反応する。急いで走り戻るも、途中から進行方向を変えて犬はパーカを着た中年男性のほうへ向かった。

「ベスっ……」

春はもう一度呼ぼうとして気がついた。犬がくわえているのは赤いボールだ。フリスビーはやめたのか、同じ毛色で姉妹兄弟のようだと感じたゴールデンレトリバーのほうだった。

人違いならぬ、犬違い。なんて思っていられたのは一瞬で、ドッグランを見回した春の顔は強張《こわば》った。

いない。

ほかにベスと思える犬の姿がなかった。

限られたスペースを、走って見て回るも、どこにもおらず、どの犬ともじゃれあったりはしていない。最後に確かに目にしたフェンス際で、近くにいたシェルティの飼い主の女性に声をかけた。

「すみませんっ、うちの犬を見ませんでしたかっ？　緑のボール咥えて走り回ってたゴールデンレトリバーですっ！」

「ああ、そのコなら、金網のところうろうろしてたから、大丈夫かなって気になったんだけど……」

「大丈夫って？」

「そこのフェンス、隙間ができてて……まさか出ちゃった⁉　体大きいから平気かと」

春は教えられた場所を急いで確認した。

一見繋がって見えるフェンスに、施工のミスなのか隙間がある。土台は十センチほどの隙間ながら、誰か強引に出入りしているのか、片側が倒れて斜めになっており、フェンスはVの字に開いていた。上のほうは犬の出入りできる開き具合だ。

春は血の気が引いた。

なんどもこの辺りに向かってボールを投げた。風も強く、ボールはフェンスを越えたのかもしれない。

フェンスの向こうは隣接するマンションの裏手だ。ベスの姿は見当たらず、出てみると、雑草に埋もれるようにして排水路があった。

幅も深さも六十センチくらいで、水がチョロチョロと流れていた。深さはない。けれど、ボールが流された可能性はある。

ベスは大切なボールを追って行ったのかもしれない。

春は流れを辿った。目的がボールなら、流れ着く先にベスもいるはずだ。

建物の裏手にひっそりと設置された排水路の周囲は、雑草が生い茂り、打ち捨てられたゴミも目立って歩きやすいとは言いがたかった。美しく整った街の裏に流れているとは思えない。

訊ねられる通行人とも擦れ違うことのないまま、迷路のような排水路はついに地下へと潜り、春は信号のある道路を横切ったところで呆然《ぼうぜん》となった。

四方から集まる流れの合流した先は、川へと出ていた。

だだっぴろい景色の中に、ベスの姿はない。


川の周辺で何人もの人に訊ねたけれど、ベスは一時間ほど捜し続けても見つからなかった。

制服の高校生、買い物帰りの主婦、最も覚えてくれていそうな犬連れの人たち。誰もゴールデンレトリバーを見ていないと答えた。

唯一、反応を得られたのはわいわいと元気な小学生の子たちで、『近くの公園でさっき見た！　茶色のゴールデン！』と言うので走って行ってみれば、老人と散歩中の柴犬だった。

「……なにやってんだ」

春は焦りのあまり何度も呟いた。

自分への叱咤《しった》だ。

ちゃんと見ていたつもりで、自分はベスを見失っていた。ほかの犬と見間違えるほどぼんやりしていたのだ。

「ベスっ……」

物陰に猫のように潜める大きさではない。

それでも呼ばずにはいられなかった。

「ベスっ……ベスっ！」

犬明に連絡する手段はない。散歩だけで真っ直ぐに帰宅する予定で、春は携帯電話どころか財布すら持っていなかった。マンションまでは走れば十分とかからない距離ながら、その間にベスはさらに遠くへ行ってしまうかもしれない。

仕事中の犬明に、心配をかけたくない気持ちもあった。

日が傾く。足早に桜並木を歩く。道行く人の目を楽しませる桜の花を、春の目は映す余裕はない。

まるで景色が一変してしまったかのようだ。ベスがいない。あの、太陽みたいに大らかな優しい犬がいない。犬明の大切な犬が――

春がマンションへ戻ったのは、さらに三十分ほどが過ぎてからだ。

バタバタと戻った春を、書斎にいるはずの男は玄関へ出てきて迎えた。

「どうしたんだ、随分遅かったけど……」

「……ベスがっ、ドッグランでいなくなってしまってっ！」

ただならぬ気配を感じ取っていたに違いない男の表情も凍りついた。

「ごめんなさいっ、俺が傍にいながらっ……」

「どうして早く知らせてくれなかったんだ！」

「……ごめんなさいっ」

謝ってもどうにもならない。

それからは二人で捜した。日は落ちて、不安に苛《さいな》まれる二人をさらに深く飲み込むように、東の空からどんどん闇に包まれていく。

歩いていれば目立つ犬だ。見かけた人が一人もいないのは不思議だった。

「保護されてるなら連絡があるはずだ。首輪に連絡先を記した名札も下げてるし、マイクロチップも入れてる」

大股に歩き続ける犬明も、頭によぎらせているに違いない最悪の事態。

ゴールデンレトリバーは、番犬にはなりづらいと言われる犬だ。持ち前の明るさと温厚さ。警戒心は薄く、人を疑うことを知らない。

人が悪意を持つなどと考えもしないベスは、連れ去られても抵抗をしないかもしれない。

「……俺のせいだ、見つかるまで捜し続けるから、見つかるまで」

うわ言のように、春は繰り返す。

「君を雇ったのは俺だ」

犬明は力強い声で言った。

「先生……」

「散歩を頼んだのも俺だ。誰かのせいだって言うなら、責任は全部俺にあるっ！」

潔い男の口調はいつもと違った。必死の犬明は少し早口で、どんなときも穏やかで紳士な男が自身を『俺』と呼び、余裕なんて少しもない本当の犬明を見た気がした。

こんなときでさえ自分を責めようとしない。

「とにかく、落ち着いて捜そう」

春は言葉にならないまま頷く。

そのとき、犬明のスマホが鳴った。

『あの、ベスちゃんの飼い主さん？』

耳に押しあてた男の表情で、春にも判った。

保護した人がいた。朗報にもかかわらず、足から力が抜けそうになる。

水路の合流した川近くの住人からだった。教えられたコンビニを目印に辿り着くと、住宅街の家のガレージに電話をくれた奥さんと一緒にベスはいた。

しっぽを揺らめかしてじゃれつき、まるでその家の飼い犬のように馴染んでいるけれど、犬明と春に気がつき反応した。

「ワンっ！」

激しくしっぽを振る。

「ベスっ‼」

春は勢いのままに飛びつき、ベスを囲んだ犬明も感触を確かめるように頭や、がっしりとしたその体を撫でた。

「……ボール」

足元に転がったのは、あの緑色のボール。

「それね、ずっと放さなくて咥えてたんだけど。飼い主さんのほうが大事だったみたいねぇ。川に立派なゴールデンがいるからびっくりしちゃったわ」

やはりベスはボールを追って出て行ってしまったのだ。奥さんは、泥だらけで川岸をとぼとぼと歩いている姿を見かけ、慌てて保護したのだと教えてくれた。

「すぐに連絡すればよかったんだけど、酷《ひど》い汚れだったもんだから。ちょっと洗おうとしたら大暴れで」

ボールのために川に入っても、どうやら水嫌いは変わらずだ。ベスの首輪にリードをかけながら、犬明が申し訳なさそうに詫びた。

「すみません、なにか壊したものとかあれば、弁償させてください。もちろんお礼も後ほど……」

「ううん、大丈夫よ。驚かせちゃったってだけだから。犬は昔飼ってたから、久しぶりに楽しい思いさせてもらったわ」

名残惜しそうに奥さんはベスの頭を撫で、「じゃあね、ベスちゃん」と送り出してくれた。

『またね』と、ちらと背後を振り返ることを忘れない犬に心が温まる。

戻ったベスの姿。ほんの数時間前までと変わらぬ日常を、夢のようだと感じた。幸せを噛《か》みしめつつも、川沿いの道を二人と一匹で戻り始めた春はぽつりと零した。

「ごめんなさい」

何度でも謝らずにはいられない。

「春くん……無事だったんだから、もう気にする必要はないよ」

「見つかって安心したけど、俺のせいには違いないし。取り返しのつかないことになるかもしれなかったんだ」

助かったのは運と、ベスを大事に思う犬明が用意した名札があったからだ。

川沿いの道は、桜並木へと続いている。夜道に並んだ桜は開花したばかりで、夜桜と感嘆するほどの鮮烈な美しさはまだない。

それでも、可憐《かれん》に咲いた花を綺麗だと思った。犬明に連れられて歩く犬が、この夜が、春にはすべてが穏やかに美しく見えた。

ふと思い出した。

「そういえば、子供の頃……姉さん、すごく犬を飼いたがってたんだ。たしか、ベスみたいなゴールデンレトリバー。親に反対されてダメだったんだけど」

「その話は聞いたことがあるよ」

「……そっか」

急に始めた思い出話の理由は、春にもおぼろげだった。自分にも判らない思いを、犬明ははっきりと言葉に変えた。

「でも、彼女の思い出は関係ないよ。彼女の好きな犬だったから、僕は大切にしてるわけじゃない。ただ、家族としてかけがえのない存在なんだ」

春の気持ちに寄り添うように、応えてくれた。

「そのベスが戻ってきてくれた。それだけで充分なんだよ」


ボーカルもないクラシック曲が耳障りに感じられた。

クラシックと一口に言っても演奏形式も様々だが、今流しているのは無難な名曲を集めたヒーリングミュージック集だ。書斎の犬明は停滞気味のキーボードを打つ手を完全に止め、右手を見た。

完治した右手は不具合もなく、日常生活に問題はない。キーボードも滑らかに早く打てるが、肝心の思考が追いつかないのでは意味がなかった。

疲労感も真っ昼間とは思えないほど感じている。

昨夜は三時近くまでパソコンの前にいた。筆が乗って離れがたかったからではなく、予定した部分まで辿り着かずに粘ったせいだ。

それでも規則正しい生活を取り戻そうと、朝はほぼいつもどおりに起き、気分転換も兼ねてベスを連れてのウォーキングに出たものの、疲労を蓄積しただけだった。

充分な睡眠時間が取れていないのだから当然だ。

完全に悪循環に陥っている。

音楽を消せば、部屋は気味が悪いほどに静かになる。書斎だけでなく、家中のどこからも音は届いてこない。

春が出て行ってから、もう六日だ。

『先生の手のケガも完治したみたいだし。実は俺、店に寝泊まりさせてもらってるから、住むとこがないわけでもないんだ』

ホームヘルパーは辞めるという春に、笑顔で『お世話になりました』と告げられたのは、ベスの一件の翌日だった。

無関係のはずはないだろう。無事に見つかり、犬明はただ安堵しかなかったけれど、春はどうしても責任を感じずにはいられない様子だった。

自分の不調の原因が春にあるのは気がついている。

来たときは一週間足らずで同居人として馴染んだ。去ってからもまもなく一週間だけれど、いないことにはまだ馴染めそうもない。

犬明は机の隣のフロアクッションを見る。普段はあまり作業中は書斎に入れないところ、許可したベスは安堵したように傍に伏せて目を閉じている。

姿を見ると、仕事の焦りに緊張した気持ちも緩む。

「ベス、散歩に行くか？」

声にピクリと耳が動いた。

垂れ耳ながらしっかりと反応させ、顔を起こしたベスは、まだ時間が早いこともあり半信半疑の表情で首を傾《かし》げる。

「散歩だよ」

もう一度言うと、完全に理解してすくりと立ち上がった。しっぽを千切れんばかりに振り、

「ワンっ！」と返事の一吠えだ。

「カフェにも付き合ってくれよ？　今日こそ仕上げてしまわないとまずい」

散歩がてら、場所を変えて執筆するつもりだった。気分を変えれば、詰まっていた部分がするすると解けて、進み出すことはままある。

そもそも、行き詰まりなんて悠長に感じていられる時期ではないのだ。

三月も終わろうとしている。

パソコンその他必要なものはリュックに詰め、ベスと散歩に出た。落ち着いたグレーのボックスタイプのデイパックは、背負ってしまえば身軽になれる。

先に公園に行ってから、テラス席のあるいつものカフェに寄る。充分に散歩も楽しんだ後のベスは、自らするりとテーブルの下に収まった。

気温もほどよく、犬の一休みにもちょうどいい。都内各所が花見客で賑わう季節ながら、カフェの面した通りの街路樹は銀杏《いちょう》で、テラス席は人気《ひとけ》がなく静かなものだ。

席に着いて一時間、集中できたおかげで、書斎よりはだいぶ捗《はかど》った。

途中から存在を忘れていたコーヒーのペーパーカップに手を伸ばそうとすると、テーブルの上に置いたスマートフォンに着信があった。

美冬からだ。来月、ベスに会わせる約束になっている。日取りや場所は合わせるというので、仕事がもっとも落ち着いていそうな時期と、ベスの通い慣れた公園を指定した。

『我が儘言ってごめんね』

「大したことじゃない。君に会えるのはベスも喜ぶしね」

申し訳なさそうな声に、スマホを耳に押し当てた犬明は笑う。

本当にそう思っていた。彼女はもちろん、病気がちだという女の子も犬に触れ合って元気になれればいい。ベスは充分期待に応えられる自慢の犬だ。

　これまで、どこか身構えていた気のする美冬との会話が、驚くほど自然で穏やかだった。

　美冬はほかにも気がかりなことがあったようで、犬明に訊ねた。

『春はまだそっちに来てるの？』

「……いや、もう来てない。怪我も治ったしね。僕としては、今仕事も詰まってるからもう少しいてくれても助かったんだけど」

『やだ、びっくり。昇《のぼる》くんが、人に手伝ってもらいたがるなんて』

「そうかな」

『そうよ。あなたが頼りにしてたのは家電と税理士くらいだったでしょ。私はロボット掃除機に負けてるのかっていつも悔しがってたもの』

　別れた理由を忘れたわけじゃない。

　しかし、美冬も笑い話のように語っており、犬明も同調した。

「掃除機は現役で頑張ってくれてるよ」

『ふうん、じゃあ掃除以外で春は役に立ってたってこと？　押しかけた甲斐《かい》もあったみたいね』

「押しかけたって……君は反対だったのか？」

『だって、別れた彼女の弟が行くってのも変でしょ。でも春が、困ったときはお互い様だってあんまり言うから』

「助かってたよ、本当に。春くんに……会ったら礼を言っておいてくれ」

感謝は本心に違いないはずが、心に晴れないものを感じた。

家にきた目的がなんだったにせよ、春が引き受けたヘルパーの仕事も頑張ってくれたのは知っているし、ベスへの愛情が本物なのもよく知っている。

だから、春がまだいてくれたらよかったのにと思う。一方で、笹澤に対する不快感を上手《うま》く処理しきれなかったのも確かだ。

同性愛への偏見はない。許せないほどの嘘でもなかった。アルバイトがゲイバーのボーイというのは……正直、倫理的にどうかと思うけれど、晴れないわだかまりはおそらくそれではない。

もっとシンプルで単純なことだ。

美冬がしみじみとした声で言った。

『春は昔からあなたのことが好きだったから、どうにかして会いたかったのかもね』

「え？」

『覚えてない？　最初に会ったとき、サインもらってたでしょ。「ゲレンデのマリンスノー」』

「ああ……」

映画化で大ベストセラーとなった本だ。『猫も杓子《しやくし》も読んでる』なんて嫌みを批評家や大御所作家に言われたこともあった。

『流行《はや》りで買ってる振りしてたけど、大ファンだったのよ。前からあなたのこと。だって部屋の本棚にもあなたの本がずらっと並んでたもの。それ言ったら怒るから黙ってたんだけど、もう時効よね？』

美冬は言った。

通話を終えれば、テラス席はテーブル下のベスの寝息も聞こえそうなほど静かになる。

スマートフォンを置いた犬明は、丸いテーブルの木目の天板をすっと撫でた。この席は、前に女性ファンに声をかけられ、筆圧の籠らないよれよれのサインをした席でもある。

緊張に上擦っていた女性の声。春も同じく自分のファンだったというのか。

思い返す犬明は、いくら指を立ててもつるつると滑って引っ張り出せなかった記憶を、一息に手繰り寄せられたのを感じた。

「……右巻きの旋毛《つむじ》」

そうだ、あのとき旋毛を目にしたのだ。

冬だった。春は大学生だった。帰宅したところを、美冬がリビングにいた自分に紹介した。本は通学用のバッグから取り出されて——四六判で、まだ文庫は発売されていなかったから不思議には思わなかった。

本にサインを入れている間、黒髪に眼鏡をかけた春は一度も顔を起こそうとはせず、だから目にしたのは旋毛だった。

部屋はエアコンが効いて暖かかった。なのに、本をやり取りする春の手はひどく震えていて。

あのとき、だから自分は誤魔化すように言った。

『今日は寒いよね』

それから――

「ベス、そろそろ帰ろうか」

じっとしていられない気分になり、犬明は声をかけた。荷物を急いで纏《まと》めてカフェを出る。桜のような華やかさはないけれど、芽吹き始めた銀杏の若い緑も季節を感じさせる。

銀杏並木の木漏れ日の中を、犬明は迷いなく進み、そして少し行ったところで今度はおもむろに足を止めた。

ピンと張ったリードに、先を行くベスが『え、行かないの？』と振り返る。

行くはずがない。仕事も忙しい。

自分は今、どこへ向かおうとしていたのか。「帰ろう」と言ったくせに、選んだ道は家とはまるで反対方向で、よくタクシーを拾う大通りのほうだった。

『先生』

春が呼んだのは、本当に笹澤だったのか。

そもそも、同じ『先生』と呼ばれる男が、同じマンションに住んでいるのはただの偶然なのか。

事実は小説より奇なりというけれど、実際はそれほどでもないだろう。

「辞めさせてください」

ドロップスの開店前に告げた言葉に、店長は案の定渋い顔をした。

というより、苦渋に行きつく前に早口で捲《まく》し立てた。

「辞めてどうするの？　ほかの店探すの？　もう決まってるとかじゃないよね？　ていうか、笹澤先生のツケは？　君、払えんの？」

「まだ決まっていません。笹澤先生の件も含めて、ゆっくり考えようと思ってます」

「ゆっくりね、うんうん。じゃあ、すぐ辞めるってわけじゃないのか」

裏の事務所からフロアに向かうところを呼びとめられた男は、ホッとした顔で去っていく。

『ゆっくり』なんて人それぞれの感覚だ。店長の期待する長さではまったくないと思うけれど、春も笹澤の話を持ち出されると弱い。

ただの思いつきで言ったわけではない。

犬明に会うことはもうないだろうけれど、恥じないでいられる自分でいたい。

これからも書店で犬明の本を目にするだろう。テレビ出演やインタビュー記事では顔だって目にするはずで、そのときに後ろめたい思いをするのは嫌だった。

以前、マンションの住民に、犬明の趣味は『夏は海で、冬は雪山』なんて言い切ったけれど、マリンスポーツかウインタースポーツかの論争を終わらせたくて適当なことを言ったわけじゃない。

知っていたからだ。スポーツ誌のインタビューで語ったのを読んだ。作家の休日。作家のワードローブ。みんな読んでいる。

開店少し前の時刻、ほかの従業員はもうフロアへ出たようで、ロッカールームは無人だった。春は鍵をかけているロッカーの奥からそっと預金通帳を取り出す。

笹澤の居所について、結局犬明からは情報を得ないままだった。教えてくれという気にはなれず、かといってこのまま見つからずに肩代わりをするのはキツイ金額だ。

今後の生活に頭を巡らせ、通帳に見入った春は、背後に人の気配を感じてバッと振り返った。

『キャッ』と両手を口元に運んだ格好の剛琉《たける》が、驚愕《きょうがく》の眼差しで立っていた。

「み、見ちゃった……なにその大金。お金なくて住み込んでるんじゃなかったの？　もしかして、マンションのノンケ先生を落とすのに成功したっ？」

「しっ」と慌てて春は男の口を塞ぐ。

「これは俺がコツコツ貯《た》めた金だよ。誰のお金も関係ない。将来、店とかやりたいなって思って貯めてるんだ」

ただの節約志向で、店に住み込んでまで生活費を浮かせているわけじゃない。

閉店してしまったけれど、最初の店には随分救われた。二十歳過ぎてもまだ心は成長過程で、思春期の過剰な自意識から抜け出せず、認めきれずにいた性マイノリティである自分をおかげで受け入れることができた。

自分もいつかあんな場所を作れたらと夢見ている。海千山千の貫禄《かんろく》のママにはなれそうもないし、もっと気軽に未成年も出入りできるカフェのような店がいい。

「へぇ……じゃあ、ハズレ引いちゃったな」

金額と眼差しに真剣なものを感じたのか、剛琉も神妙な顔で応えた。真面目になると声が低くなる。

「ハズレ？」

「笹澤センセのことだよ。ずっと思ってたんだけどさ、なんであの人にしたんだ？　ほかの客とそんなに違ったか？」

普段なら煙《けむ》に巻いたに違いない問いに、春は応えた。

「……あのマンションに住んでたからだよ」

「えっ、そんだけ!?」

「うん。どんなところかなって気になってた。それに……『先生』って呼べるのがなんかいいなって」

「おまえ……マンションフェチ？　先生呼びがエロいってのはなんとなく判るけど」

エロいだなんて言っていないのに、肉食系である男の変換に春は苦笑いしつつ、通帳をロッカーへとしまう。

扉を閉めようとしたところ、上部の棚に並んだものに剛琉は目を留めた。

「あれ、ハルって小説とか読むんだ？」


店は相変わらずだった。

春の意識が変わろうと変わるまいと、集まる客に大きな変化はない。アルコールを扱う店なので、日によって大人しく平和かと思えば、羽目を外しすぎる客の集まる夜もある。

ボーイを指名する常連のタイプは、直接接するだけあり嗅ぎ分けやすかった。

「頼むよ〜、ハルちゃん〜」

春のいるカウンターへやってきた店長は、開店前とは打って変わった猫撫で声で言った。

「すみません、あのお客さんはどうしても……」

「濱重《はましげ》センセ、何度ハルに断られても懲りずに指名してくれてんだから入ってよ。店外まで付き合わなくていいからさ」

濱重は金払いのよさで店にとっては上客ながら、振る舞いに問題があり、ボーイに敬遠されている弁護士先生だ。

「いや、でも俺は……」

「おまえの好きな『先生』だよ？　席で話すだけ。ちょっと一緒にお酒飲むだけ。ボーナスで笹澤先生のツケも減らしとくからさぁ」

べつに春は『先生』と呼ぶのが好きな職業フェチなわけではない。

辞めると言ったせいか、今夜はやけに食い下がる。飴《あめ》と鞭《むち》。下手に出ると思えば高圧的。しまいには笹澤の名まで持ち出され、春はついに折れた。

「じゃあ、今日だけですよ」

「よしきた！　ヘルプにミキが今入ってくれてるから」

調子のいい店長は、ＶＩＰシートへ行くよう促す。

店の奥のＶＩＰシートは完全な個室ではないけれど、三方を壁に囲まれ、入口にカーテンのかかった半個室だ。床へ着きそうな長さの分厚く重いビロードのカーテンは、閉じると密室感が増す。

「ハルちゃん！　よく来てくれたね！」

濱重は親戚のおじさんのように陽気に出迎えた。いつも酔っているみたいな赤ら顔で恰幅《かっぷく》のいい男は、スーツの襟の弁護士バッジがなければ、とても法廷でご活躍の先生には見えない。

連れはおらず、広いソファシートには、ほかにボブのようなヘアスタイルで女っぽい雰囲気のボーイのミキがいるだけだ。

春は反対側に回り、濱重の隣に座った。

「久しぶりですね、濱重先生」

愛想笑いで応じつつも、つい警戒してしまう。酒が入るとセクハラな言動が増え、空気を読まないボディタッチも加わる先生だ。特殊な性癖でもあるのか、小遣い目当てに店外デートに付き合っていたボーイも、最近は逃げているとの噂《うわさ》だった。

「ハル」

ミキがぬっとグラスを差し出してきた。

「ハル待ちの間に、ミキちゃんに作ってもらっておいたんだよ～」

──ハル待ちってなんだ。

先に入ったのはミキでも、あくまでヘルプで、指名はハルだ。ミキとしては面白くはないだろうし、そもそも以前から好かれてはいない同僚だった。

「ありがとうございます。いただきます」

濱重よりもミキに気を遣ってグラスを手に取った。見た目はいつものウイスキーの水割りのようだけれど、一口飲んだ瞬間からくらりとくる強いアルコールを感じた。

まさか、酔わせてどうこうという古典的な手段か。一杯目くらいは付き合っても大丈夫だろうと、やや癖のある味わいの酒をちびちび飲みつつ、お喋りをすることにした。

「ハル」

会話に没頭している振りで飲まないでいると、ミキから叱責のような無愛想な声が飛ぶ。

「あ、うん……」

『飲めないほど濃い酒を作ったのは誰だ』と、恨みがましく思ったのが、春の最後のまともな思考になった。

「おや、具合悪そうだね。横になったら？」

会話が飛んだかのように、突然濱重の声は聞こえた。

「……いえ、大丈夫です」

まともに受け答えしたつもりが、重たい目蓋を開いたら天井が見えて、『あれ？』となる。

普通、真っ直ぐに座った状態で天井は見えない。

「ミキちゃん、ちょっとアレ入れすぎかもよ？」

濱重のひそひそ声が、ぼうっとする頭に微《かす》かに届いた。

自分がソファの上に横になっていると理解するだけのことに、春は苦労した。『このソファ、枕なんてあったっけ？』と頭を巡らせ、濱重の膝枕であると気がついて『わっ』となる。

『わっ』となっても、ろくに体が動かない。

「ハルちゃん、お店の外では絶対会ってくれないからね。ここですませることにしたよ。障害が多いと燃えるねぇ、気の強い子は大好き」

触れる手を払おうとして、逆に握り込まれる。ゾッとした。肉厚な手のひら。体温はさほど高くないのに、じっとりとした感触で気持ちが悪い。

鳥肌が立たなかったのは、体の不具合のせいだ。

丸っこい指で、指と指の間をなぞられると、明らかに鳥肌ではない衝動に背筋がぞくんとなった。人差し指と中指の間。中指と薬指の間。反応を確かめるように順にねっとりとした指使いで擦《こす》られ、体がざわつく。

「あっ」と微かな声を上げて身を捩《よじ》った春に、男のニヤついた表情が注がれる。

——やばい。

ヤバイけれど、体がまともに動かない。

時間の感覚も壊れていた。席に着いてまだ十分なのか、それとも一時間くらい経《た》ってしまったのか。耳を澄ませようにも、水中にでもいるみたいに、カーテン一枚向こうのざわめきが遠く感じられる。

それでも、無音ではなかった。

音が聞こえた。周囲の客の談笑の声。ボーイの声。微かに店内のＢＧＭも。聞こえる。聞こえる。一つずつ数えるように聞き取っていたところ、不意に至近距離で声は響いた。

「ちょっととっ、勝手に開けたらダメですってっ！」

カーテン越しの剛琉の声だ。

「春くんっ！」

「ハル、この人、知り合いだっていうから案内したんだけど」

「なんだねっ、君らは勝手にっ……」

「えっ、ハルなんで寝てんの？　具合でも……」

「春くんっ、春くんっ、春っ、起きろっ！　しっかりしろっ！」

様々な声が入り混じり、ＶＩＰシートは急に賑やかになった。騒然とも言える状況の中で、『数えられないから一人ずつ、ゆっくり喋ってほしい』などと考える春は、重たい目蓋を抉《こ》じ開けて『あっ』となる。

「……せんせ？」

夢かなと思った。

夢でなければ、こんな理不尽でシュールな状況があるはずがない。あの犬明昇が、ゲイバーのドロップスにいる。

「来てしまったじゃないか」

どういう意味なのか、夢だから支離滅裂なのか、犬明は敗北でもしたみたいに言った。

「気になって様子を見にきたんだ。嫌がるだろうと思ったけど……さぁ、帰るぞ」

ぐいと体を引き起こされ、狼狽《ろうばい》する濱重から春は奪還された。撥《は》ね退《の》けるように犬明に開かれたカーテンが、騎士のマントのように翻る。

「うそ……ホントに先生……」

「ちょっと待って、あんた勝手にっ……ヤバイって、店長に叱られるってっ！」

フロアに引っ張り出す犬明の後を、従者のように追う剛琉が右往左往する。

「ていうか、本当にハルの知り合いっ？　なんか顔見たことあるから信じちゃったけど……あれ？　あれっ、テレビとか出てる人？」

「彼は具合が悪くて帰ったと、店長には伝えておいてくれ」

きっぱりと言い切った男に春は店外へと連れ出された。

温く酸素濃度も低そうな店から、冷たく冴えた夜気の中へと。

揺り起こすように、夜風が頬を一撫でする。

スプリングコートの犬明の背を、春は幻のように見つめた。街灯にキラキラ光って見える。

「まっ、待って先生、足がっ……」

どうにか立てた足は、縺《もつ》れて急いでは歩けない。ぎゅっと手を包み込むように握って引かれ、不快な濱重の手指の感触を忘れると同時に、ずっと昔の記憶が呼び起こされた。

『今日は寒いよね』

冬だった。

初めて犬明を直接目にしたあの日。学校から帰った春は、何度も繰り返し読んだ本にサインをもらった。姉の恋人と知って驚くと同時に、なんでもない振りをしようとした。

表情を見せまいと俯《うつむ》き、声を震わせまいと片言で。でも緊張に手が震えてしまうのを抑えることはできなかった。ガタガタと小さく震える手を、犬明は『今日は寒いよね』と言って優しくフォローしてくれた。

包み込むような握手をくれた温かい両手に、震えはいつの間にか治まっていた。

代わりに、恋に落ちた。

姉に恋人だと紹介されたあの日、憧れはカードをひっくり返すみたいに恋心へと変わり、同時に失恋という形で失われた。

そして、また好きになった。


タクシーの向かう先は、犬明のマンションのようだった。

外気に冷えた後部シートのドアガラスに身を寄せ、走行する車の振動を感じるうちに頭が冴えてくる。左手は犬明の右手とずっと繋がれたままだ。

マンションまでの距離はそう遠くはなく、夜も更けた道は車もスムーズに走る。

「あれが君の仕事なのか?」

途中、ぽつりと一言だけ犬明が問いかけてきた。

春には上手く答えられなかった。抑揚のない男の声は、今の春には軽蔑されたとしか思えない。

まだ頭は完全にすっきりしたわけでもないのに、そんなことにばかり敏感だ。

恥ずかしくて惨めで、一方で繋がれた手を嬉しく思っている。

着いたマンションでも、歩みは一人で真っ直ぐには歩けないほどで、犬明の助けを借りた。

ベスが再会を喜んで出迎えてくれるも、すぐに異変を察してじゃれるのを諦め、クウンと悲しげに鳴く。

崩れるようにリビングのソファに座った春は、水の入ったグラスを渡されて一息に飲み干した。

カラカラに乾いた地面にでも全身がなったみたいだ。全然足りない。

「もう一杯飲む?」

コクコクと頷き、再び差し出されたなみなみと水の入ったグラスも空にする。

犬明はソファの前に立ち、その様子を見ていた。

「一体、どれだけ酒を飲んだんだ」

「……一杯だけ」

「一杯って……テキーラでも呷《あお》ったのか」

「……本当だよ」

広いソファにもかかわらず、春は体を縮こまらせるように座面に上げた両足を抱えて座った。

ぎゅっと身に引き寄せる。寒いのとは違う。むしろ、奥深いところに火でも灯《とも》されたみたいに内から熱い。

薄着にもかかわらず肌がぽわんと温かく、それから平常であれば意識しない部分に、どこよりも熱が集まっているのを感じた。

「……なにか飲まされたのか？」

察しのいい男の声にビクリとなった。

認めるのも嫌だ。犬明に呆れられるのが、こんなに怖いとは思わなかった。

「具合が悪いなら病院へ行こう」

引き寄せた膝頭に顔を埋めた春は、首を振った。くぐもる声で返す。

「大丈夫。さっきよりはマシになってるから、少ししたら落ち着くと思う。そんな病院行くほどやばいもの、飲ませるわけないし、おっ、思い込みのプラシーボ効果かも」

「春くん」

手をかけられた肩がビクッと跳ねた。

犬明の手や体温を感じると、体の違和感はぶわっと膨れ、ドキドキと判りやすく心臓が鳴る。どういうわけか、頭がクリアになっていくのに反比例して、体の不具合のほうはひどくなった。

きっと犬明の傍にいるからだ。

自分のことなどとうに忘れ、規則正しく美しい執筆生活に戻ったとばかり思っていた犬明が、たとえ頭の隅でも気にかけてくれていたかと思うと正直嬉しい。

嬉しくて、嬉しくて、優しくされるとおかしくなる。

ここにいてはいけない。

「か、帰る」

焦ってソファを降りた。

「春くんっ」

「あ、ありがとう、先生。もう大丈夫だから」

「どこが大丈夫なんだ、君は。真っ直ぐ歩けもしないくせして、言ってることもメチャクチャじゃないか……」

「いいからホントに……はっ、放せよっ！」

ソファの手前に突っ立ったままの犬明に腕を摑《つか》まれれば、もはや混乱の極みだ。

「春っ！」

強い声で呼び捨てにされて、身が竦《すく》んだ。ソファに大人しく座らせようと覆い被《かぶ》さる男の存在が、大きく迫ってくる。

「放せってばっ……ホントに離れて……変なんだよっ、今……俺、変だからっ、あんたにおかしなこと言うかもっ！」

「おかしなこと？」

春は肩で息をした。唇の間から零れる自分の息が熱く感じられる。

犬明は離れようとはせず、ソファの前に屈んで顔を覗き込んでくる。

「いいよ、なんでも、暴言くらい吐いたって。今は普通じゃないんだ」

「普通じゃなきゃなんでも言っていいわけ？　いいの、本当に？」

「言って気がすむならそうすればいい」

「……嫌だよ。あんた、絶対引くから」

「聞いてみなきゃ判らないだろう」

聞いて引かれたら取り返しがつかない。

けれど、呆れも軽蔑も、今の犬明はとっくにすませているに違いない。嘘をついたり、みっともない姿を晒《さら》したり。自分の印象などすでに落ちまくりで、とっくに地面にめり込んでいる。

春は俯き、乾いた唇を動かした。

「……先生と……セックスがしたい。今、メチャクチャ抱いてほしい」

犬明が息を飲んだのが気配で判った。一瞬の沈黙。せめて笑い飛ばしてくれたらいいのにと、責任転嫁にもほどがある考えが頭をよぎる。

くすりとも笑わないまま、犬明は言った。

「いいよ」

春は顔を仰向《あおむ》かせた。

「え……」

「必要ならそうするし、必要でなくても君がその気ならするけど」

「なに言ってんの……い、意味が判んない」

「人助けだけで男が抱けるほど、俺は臨機応変にはなれないってこと。自己犠牲の精神はそんなに持ち合わせてないんでね。人助けでも自分が望むことしかできない。俺はそんなに優しい男じゃないよ」

本音をぶつけられているとしか思えない、素の犬明の口調だった。

それでも信じがたかった。こちらを見つめる男の眼差しに、春は何度も瞬きを繰り返す。まるでそうすれば、何度目かにパッとすべてを理解できるとでもいうように。

犬明はその場にしゃがみ、眼差しの距離は急速に縮んだ。

「春、ずっと気になってた。『先生』って誰のことだ?」

「え……」

「君が酔ってここで寝てた晩、俺に言ったんだよ。俺にしがみついて、『先生』って。何度も何度も。最初は自分が呼ばれたんだと思ってたけど……」

夢見心地だった夜を春は覚えていない。

けれど、ようやくなにがあったか判り始めた。

「先生のことだよ。小説家の犬明昇先生」

答えは自分の中にある。

「どうしてそう言い切れる？　君は酔ってて、しかも捜してたのは笹澤先生だろう？」

「うん……好きな小説家の先生と同じマンションに住んでたから、だからあの人とお店の外でも会うことにしたんだ」

春は必死で言葉を紡いだ。今、本当のことを言わなければならない。

「笹澤先生を捜さなきゃならなくなったのは本当だよ？　だから、姉さんから先生の手のケガのこと聞いたとき、ちょうどいいやって……ズルいこと考えたのも本当。でも、『ちょうどいいや』はやっぱり……小説家の先生に会えることだった」

神妙に告白を聞いていた犬明は、信じてくれたのか口を開いた。

「あれは……俺のことじゃなかったんだと思ったら落ち込んだ」

「落ち込むって……先生がどうして？」

「君が好きだからに決まってるだろう」

するりと言葉にする。あまりにも自然で、躊躇《ためら》いもない。ポケットティッシュかなにかみたいに、欲しくて仕方のなかった言葉を取り出して見せるから、きっと人としての『好意』なんだと思った。

「先生、バカだな。そんなこと言ったら……俺、つけ入るよ？」

「つけ入ればいい。俺もそれを望んでる」

春は信じ切れずに首を傾げそうになる。

「俺、男だよ?」

「女には見えない」

「み、美冬の弟だよ?」

「それはしょうがない。血の繋がりは変えられないからね」

「しょ、しょうがないですませられるようなことじゃ……」

ふらりと犬明は傾いだ。

躓《つまず》いたり転んだりして前のめりになるような場所でも状況でもない。自らの意志で、男はソファの春のほうへ顔を寄せてきた。

唇で犬明の体温を感じた。

「……これで、もうすんだか? しょうがないですますしかないだろう」

春は瞬きをした。驚いて自分の唇へ手をやろうとすると、邪魔だとばかりにその手を犬明は摑んで脇へ退《ど》けて、もう一度。

キスをした。今度はもっと確かなキスで、感触は強く残った。消える間もなく何度も重なり、やがて押しつけられたまま唇は離れなくなった。

春はぎゅっと目蓋を閉じた。受け止めるだけでやっとの春の唇を、ちろりと犬明の舌は舐《な》めた。びっくりして解けた唇の合間に舌先は伸びてきて、キスは一息に深いものへと変わる。

想像ならした。

何度も、妄想でなら彼のキスについて。

きっとスマートで洒落《しゃれ》たキスをするのだろうと思っていた。洒落たキスってどんなものか判らないけれど。

実際の犬明のキスは、想像よりもリアルで生々しくて、想像よりも遥《はる》かにずっとよかった。

湿った唇が離れると、春の眸はぼうっとなる。

「……やばい。脳みそ溶けそう」

ぽわんと温かい体は、落ち着くどころか余計に昂《たかぶ》っている。すでにキスで腰砕けなところに、ダメ押しの言葉を食らった。

「ここと ベッドとどっちがいい？　俺のオススメはベッドかな」


キスの上手い小説家先生は、いつもそんな風に女性を誘うのだろうか。

部屋を移動する間は、そんなことを考えた。元カノは姉だけれど、その前も、その前も、どんなに遡ってもキスの下手な犬明は想像ができない。

ベッドに着いてまたキスをした。

犬明の寝室の広いベッドの上で唇を重ねた春は、『嘘みたいだ』と何度も思った。『呆れられたくない』とも。現実に変えていいと優しくされた末に、やっぱり夢や間違いだなんて、そんなのは嫌だ。

頭だけが変に冴えてきているせいで余計なことを考える。元々マイナス思考で後ろ向きで、容姿も性格もなにもかも自信のないのが特徴みたいなゲイなのだ。

本を手に震えていた頃と春の中身は変わりない。

きっと、これまで誰にも好きになってもらえたことがないせいだ。自分が好きだと思う相手にはただの一度も。

最初に勧めたゲイバーのママが言っていた。自信を持つのにもっとも手っ取り早い方法は、好きな人に好きになってもらい、自己肯定してもらうことだって。

——それが一番難しいのに。

「……先生」

ベッドで向き合い座った春は、犬明の気が変わってしまうのを恐れつつ、自ら顔を寄せてキスをした。唇を触れ合わせ、男の顎や首筋にも啄《ついば》むようなキスをして、薄いブルーのシャツの胸元に手をかける。

アウトドア趣味があるとは思えないほど日焼けをしない小説家先生だけれど、ジムにも通うだけあって、シャツ越しの体には男らしさを感じた。

「春」

名を呼ばれるだけで、期待に昂る体はぞくんとなる。

「……先生、本当にいい？」

犬明は笑って、返事代わりに額に唇を押し当ててきた。

「じゃあ……するね」

春は風俗かなにかのように開始を宣言する。

ヘテロとのセックスは初めてだ。いきなり男の自分の体を見たり触れたりしたら、萎えるに決まっている。犬明が先に物理的に興奮してくれれば、体が女の人と違っていても少しは平気なんじゃないかなんて。

困惑気味に問われる。

「男同士って、それが普通なの？」

「え……？」

「いや、なんだかビジネスっぽいからさ。お客さんにでもなった気分」

「そ、そんなこと……」

「俺にリードさせる気はなし？　抱いてほしいんじゃなかったっけ？」

「え、で、でもっ……」

勢いで言ってしまった言葉を思い出し、ただでさえ熱っぽい頬や耳が一気に赤らむ。

「大丈夫。男は初めてだけど、そんなひどいことにはならないいんじゃないかな」

なにを根拠にと思いつつも、突っぱねきれない。犬明ならばなんでも器用にこなせるのだろうと、あっさり納得させられてしまう。

いずれにせよ、反論する時間は与えられなかった。くいと顎を取って仰のかされ、軽くキス一つでバランスの崩された体は背中からベッドへ沈んだ。

「せ、先生…っ……」

初めてだなんて言うくせに、やけに扱いが手慣れている。

口づけは唇から首筋へ、白いシャツの襟元を分けるように鎖骨へと這《は》い降りた。

ボタンを一つ外すごとに露《あら》わになる肌。見えない印でもつけ、隙間なく埋めるように触れる唇。

「あっ……」

ちゅっと胸元の小さな粒を吸われ、喉が微かに鳴った。

乳首は春も性感帯だ。けれど、そこに男の手のひらを楽しませる大きな膨らみはない。

周囲の淡く色づいた乳暈《にゅううん》を唇は這った。空いた左の胸は、擦るように指の腹が。

薄く柔らかな皮膚をなぞられ、くすぐったい。じんわりと性感を煽《あお》られる愛撫《あいぶ》に、触れてもらえずにいる乳首が硬く膨れてくるのが判る。

「ふっ……あっ……」

不意に左右の尖《とが》りを同時に弾かれ、細い腰が跳ねた。舌と、指先で。散々焦《じ》らされた末に口に含まれ、春はもじもじと腰を捩った。

シャツを剝ぎ取られる頃には、肌はどこもかしこも敏感になり、感じているのを男に知らしめる。

その手にもっと触れてほしくて、可愛がってほしくて、欲望の塊になる自分を感じる。そのくせ、ボーイ服の黒いパンツを脱がされるのには抵抗を覚えた。

「ああ、だいぶこっちは窮屈そうだね」

中心はもう隠しきれないほど膨れている。

「や……」

「春、見せて」

恥ずかしさのあまり目を閉じ、それだけでは足りずに顔の前で両手を交差させる。

見ていられない。自分から見えなくなったところで、犬明の目にはすべてが映し出されるというのに。

「……っ、う…ぅ……」

ナイトテーブルの柔らかな明かりだけが部屋を満たし、それさえもが裸体を晒すには眩《まばゆ》く感じた。

胸は平らで手足のひょろりと長い体。色を変えやすい白い肌は淡く桜色に染まり、露出した性器は艶《なまめ》かしく反り返っていた。全体的に小ぶりですんなりした見た目ながら、硬く張っているのはなにより自分が判る。

男の視線を感じ、ヒクヒクと恥ずかしく震えた。潤みを帯びた先端は揺れて鈍く光り、今にも露を結びそうになっている。

「……綺麗だな」

犬明は吐息を零した。

「そっ、そんなわけないだろ……へ、変なこと言うなよ」

「なんで？　俺は調子のいい男だけどね、嘘は言わない」

「調子いいって自分で……あっ」

「これくらい褒められ慣れてるんじゃないのか？　君なら……店でも人気者だったろう」

「あっ、や…っ……」

シーツを蹴ってもぞつく両足を畳むように掲げられ、左右に大きく割られた。

卑猥《ひわい》にすべてを晒す格好に、どうにかなりそうなほどの羞恥を覚えた。一番見られたくない人に、一番見られたくない姿を曝《さら》け出している。

そのくせ、触れてほしいのも犬明なのだ。

矛盾に忙しい頭の中を引っ搔《か》き回され、ぐちゃぐちゃになる。犬明はそんな春のまごつきさえも楽しむように、切なく上向いた性器を愛撫した。

まだ張りが足りないとばかりに、やんわりと包んだ手のひらで扱《しご》き、鈴口が先走りでぬるぬるになるまで、先っぽの小さな割れ目を弄ったり、括《くび》れを擦ったり。

「ふ…っ…ぁっ、はぁ……」

殺しきれない声が、顔に押しつけたままの手の隙間から零れる。吐きつける息は、自分の手を掠めるだけでも熱い。

「はっ……はっ、あっ……そこ……」

犬明の迷いのない手指の動きは、とても男に触れるのが初めてだなんて思えなかった。

「ひ…ぁっ……なにしてっ……」

「……なにって、キスだろう。春の、よく熟れてきた……もう食べ頃かな」

「あっ、なに言って……先生が、そんなっ……汚い…っ…あっ、きたな……からっ……」

潤んだ先端へ口づけられ、春はもうパニックだ。

じゅっと濡れそぼった先端を吸われて、春はしゃくり上げるように喉を鳴らした。

一溜まりもなく煽られる。犬明の手のひらの上でコロコロと転がされているみたいだ。

蕩《とろ》けそうな愛撫に身をくねらせ、射精感に悶《もだ》える春は、無防備に晒した狭間《はざま》への悪戯《いたずら》には気づくのが遅れた。

「まっ、待って……そこ…はっ……」

「……また汚いとか言う？」

「そ……そうじゃなくて……」

それもあるけれど、もっと根本的な問題がある。

「そ、そっちはあんまり……俺はしないから。本当にっ……男同士は、みっ……みんな必ずするわけじゃないし」

「そうなの？」

体の負担が大きく、アナルセックスは嫌がる者もいる。春もその一人だ。

犬明がしたがるとも思っていなかった。

「じゃあ、春は経験がない？」

「……ない……わけじゃないけど」

「やっぱり、あるんだ？」

身を起こした男は、春の顔を覗き込んできた。

嘘も適当なことも言えない。

「あるけど、最後までは……俺、そっちで気持ちよくなったことない」

本当だった。そのせいもあり、半端な経験しかない。挿入を伴ったセックスをしても、最後はそれ以外の方法で終えた。

クールだの百戦錬磨で客を選んでるなどと言われているけれど、実のところ不慣れでどうしていいか判らないだけだ。

前の店では完全な初心者扱いで、ママがヤバそうな男からはアプローチさえされないように母親のように守ってくれていた。ドロップスでは不慣れはハンデでしかなく、澄ました態度で誤魔化していたのだ。

おそらく笹澤には気づかれていたはずだ。

「せ、先生は……あの人は俺の腰が小さいせいじゃないかって。狭くて痛がるから、その、みんな萎えちゃって……あっ、でも俺、あっちのほうは結構上手いんだよ。フェ……」

今も取り繕おうと無駄に喋り、言い終える間もなく手のひらで口を塞がれた。

「ストップ。ほかの男の話はあんまり聞きたくないな」

「あ……ご、ごめ…っ……」

過去の相手の話をするのは重大なマナー違反だ。ベッドから降りる素振りを見せた犬明に、春は狼狽えた。男同士の生々しい話を嫌悪されたのだと思った。

「せ、先生……」

「ちょっと待っててくれ、考えるから」

そのまま部屋からも出て行った男に、ベッドに残された春は呆然となる。

「考えるって……」

セックスの途中でなにを考えるのか。

続けるか、止めるか。選択肢は二つくらいしかないだろう。

「えっと……」

――どうしよう。

どうしようと狼狽えた。

止めるのならば、早く普通に戻らないとならない。普通に起きて、普通に服を着て――ベッドの端のほうに散らばった衣服を引き寄せようとして、重たくぐずつく体がとてもそんな状態でないことを思い知る。

自分だけ昂ったまま、放り出されたのだと思ったら、惨めなのがまた戻ってきた。感情のままに目の奥が熱くなり、『いや、泣いたらダメだろ』と自分を戒めたところで、出て行ったときと同様に犬明は唐突に戻った。

「……春、なにをやってる」

服を摑んだ手を見咎《みとが》められる。

「あっ……」

「逃げようとか考えてたんじゃないだろうな。油断も隙もない」

「え……」

怒った風なことを言いながらも、犬明は「しょうがないな」と笑んだ。ベッドに上がると、春を横たえようと押し戻しつつ、宥める口づけを額に落としてきた。

「せんせ……」

「ベスは自分のベッドで大人しく寝てたよ」

「ベスの様子を見に行ったの？」

「まさか。いや、安心はしたけど、キッチンに行ったついでに……次はもっと質のいいローションを用意しておくよ」

そう言った犬明が手に忍ばせていたのは、調理用のオイルのボトルだ。

「諦めの悪い男ですまないね。どうしても嫌だって言うなら考えるけど」

生々しい話に嫌になったわけではないのか。

しかも、次もあるかもしれないと匂わされたことに気がつく。

「先生、本当に俺と……」

犬明は自ら服を脱ぎ去りながら、春に求めた。

「もう、そろそろ止めてくれないか」

「え……」

「こんなときまで『先生』は嫌だな。俺が春って呼んだら止めてくれるんじゃなかったっけ？」

苦笑しつつ犬明は言った。広いベッドの上は、二人分の衣類が散らばり、いくつかは重力のままに床へと落ちていく。

「先生は…っ……」

——先生だ。

出会う前からずっと好きで、憧れていた小説家先生。ハンサムで、なんでもできる。器用で爽やかで優しくて——困ったことに、奇跡的に巡り合ってからも印象はほとんど変わりない。だから自分は、ダメだと判っていながら恋をしてしまった。

「あっ……待っ……」

「待ったはもうナシ。顔を隠すのもナシだ」

どさくさに紛れて、犬明は春の手を封じた。左手でシーツに縫い止め、右手ではあの場所を探る。

「……あっ、せん…せ……そこ…っ……」

指はオイルを纏って狭間に滑り込んだ。肉づきの薄い谷間を分ける長い指。きゅっと窄《すぼ》まる入口は、滑りを帯びた指にやわやわと撫で摩《さす》られるうちに、中から綻ぶように和らいだ。

「ひ…ぁっ……」

粘膜を分けるように指が沈み入る。

「……本当だ。狭いな……これは」

「あ…っ……や、せんせ…っ……」

「まだ指一本だよ。痛くはないだろう？　酷くしないから、大丈夫だ」

「でも…っ……あっ、ぁっ……」

狭いことに変わりはない。何度もオイルを纏い直し、ぬるりと奥まで埋まる指を、春の中は異物と捉えて追い出そうとした。きゅうっと硬く締まる。

「あ……ふっ……や……」

犬明の指はその度にじっと動かずに、きつい内壁が馴染んで緩むのを待った。

「大丈夫だ、春……」

力が籠る度に吹き込まれる囁《ささや》き。呪文のようだ。くたくたに体が解けて、男の長い指を咥《くわ》えているのが当たり前になるまで繰り返される。

「あっ……あっ、なに…っ……なに、これ…っ……」

ただ滑りを送り込まれるだけではなかった。

少しずつほぐれていく一方、逆に硬く張り詰めて過敏になる部分がある。

犬明の指は、見つけ出した春の弱いところから少しも離れようとしなかった。

優しいくせに容赦がない。くちゅくちゅと淫らな音を立てながら、そこを幾度もなぞった。

春が啜《すす》り喘《あえ》ぐほどに揉んでは抉《えぐ》り、もがけばさらに執拗《しつよう》に嬲《なぶ》られる。

「だっ、だめ……ダメっ、あっ……やっぱり、もう…っ……」

「……痛い？」

「へんっ……そこ…っ、変で…っ……あっ、強くしな…っ……や、先生…っ、ダメだって……指、だめ……やぁ……」

「『先生』はやめてくれないの？」

「うぅ…っ…んっ……あっ、や…っ……いや、もうっ……」

「春?」

「あっ、あ…ぁっ……のぼっ……昇さ…っ、んっ……」

春はシーツに押しつけられた手を解こうと揺すった。

息も絶え絶えになりながら名前を呼んだにもかかわらず、指は出て行こうとも離れようともしない。ゆるゆるとどこまでも続く刺激に、春は堪えきれず嗚咽《おえつ》混じりの声を上げた。

「ひどく……しな…っ、しないって……言った……のに…っ……」

「酷いことなんてしてないだろう。ここは、春のイイところだよ。弄られると誰でもすごく感じる。でも……春はちょっと敏感すぎるようだね」

「あ……ひ…ぁっ……もっ、もうっ……や…だっ、嫌……」

下腹が熱い。変になる。おかしくなる。

溢れそうな感覚に体いっぱいに満たされていた。硬く張り詰めたものは濡れそぼり、透明な体液をしとどに腹へと滴らせているにもかかわらず、達することはできないまま。

いきなりパンと爆《は》ぜてしまいそうな、初めての激しい快楽だった。濡れた眦《まなじり》に唇で触れながら、犬明は艶めいた低い声で言った。

「……じゃあ、キスをしようか」

「せんせ…っ……」

「春、キスに集中してごらん」

重なり合った唇に声を吸い取られる。

宥める唇は、上唇を捲るようにしっとりと重なり、口づけはすぐにも深くなる。

「……ん…っ、ん……」

春を甘やかす巧みなキス。ちろちろと歯列や薄い舌先を擽《くすぐ》られ、一瞬なにもかもを忘れて吐息に鼻を鳴らす。くすぐったい犬明の舌を追いかけ、応えるのに春は夢中になった。

最後の力まで持って行かれたように、キスに溺れる。

曖昧になる。穿《うが》たれた指の存在を忘れたわけではないけれど、体のあちこちで芽生える熱がかき混ぜられ、一つに融合するみたいな感覚。思考も体も溶かされる。

「ふ…ぁ……ぁっ……」

熱い。熱くて、気持ちいい。

ヒクヒクと尻が小刻みに揺れ、深く埋まった指をきゅんと締めつけた。奥へと誘い込むみたいに中が蠢《うごめ》く。

「……だいぶ柔らかくなってきた」

「んん…っ……」

いつの間にか二本に増えた男の指が、確かめるように中でゆっくりと開き、じわりとした官能が垂れ落ちるように溢れた。

三本に増えても痛みはなく、ただ春のそこは甘く軋《きし》んだ。

「……もう挿《い》れるよ」

耳元に吹き込まれた掠れ声に、ぞくんとなる。なにより、早く欲しいと胸を高鳴らせた自分に気がつき、春は狼狽えた。

飲まされた薬の影響も残っているのか。爪先まで満ちる熱の正体は、もうなにが原因だか判らない。

「あ…っ……めっ、だめ……」

切っ先を少し押し込まれただけで、反射的に身をもぞつかせる。知らないうちに昂った男の屹立《きつりつ》は、春のそれとは比較にならないほど雄々しかった。

「逃げるの？　こんなになってるのに」

「だって…っ……」

判らない。判らないけれど、『こんなになっている』からだ。

逃れようとする細い腰を両手で掴んで引き戻され、春が上げたのは悲鳴でも抗議の声でもなかった。

「あっ、あぁ…んっ……」

あからさまな嬌声《きょうせい》を漏らした。

ズクッと中へ押し込まれた瞬間、頭は閃光《せんこう》でも走ったみたいに真っ白になり、生温かなものが腹へと呆気《あっけ》なく噴いた。犬明の屹立で開かれただけで射精していた。

ビクビクとシーツの上の腰は跳ね、余韻のように白濁した残滓《ざんし》が溢れる。

「ちが…っ、こんな、俺…っ……こんなのっ……」

「挿れただけでイッちゃうほど気持ちいいんだ？　可愛いな」

こんなことはもちろん初めてだ。

「なんっ……なんで……」

「大丈夫だって言っただろう。俺がセックスで痛がらせたりするわけがない」

「でも…っ……」

「初めてだからって泣かせるようなのは、よっぽどのヘタクソか、怠慢だね。男はみんな、好きな子は大切に可愛がりたいって思うものだよ」

犬明の標準は、現実的に普通なのか判らない。出来すぎた男は、原稿のやり方からして異質なものがある。

そんなことも今の春は考えてはいられなかった。ただ犬明のくれた言葉だけが、ふわふわと空にでも漂い出したみたいに頭の中を舞った。

『好き』とか『大切』とか。それがただの好意ではないことは、さすがにこんな形で抱かれてまで判らないほど愚かではない。

「先生……」

「ん?」

春が両手を空に掲げれば、察した男は自ら身を屈ませてくれる。

首筋に腕を回し、ぎゅっと取り縋《すが》った。

「……好き」

言わずにはおれなかった。

今、このタイミングで。

「先生……昇さん、大好きなんだ」

犬明はすっと微笑み、それから悪戯っぽく応えた。

「俺も、君が好きだよ」

春の茶色い髪に埋まる唇。こめかみから、濡れた眦。頬から、そして唇へと。優しく啄む男の唇は何度も触れる。

恋人同士の戯れみたいだと思った。もしかして、本当にそうなのかもしれないとも。

深く繋がれたままの体の奥がジンとなった。キスをしながら慣らされたせいで、キスと快楽は強固に結びついてしまっている。

「あ、だめ……」

深い口づけに変わりそうになると、無意識に抱いた犬明の頭を押し戻そうとした。

「……酷いな、キスは嫌いになった?」

「だって……あっ、あっ……」

軽く触れ合わさっただけでも、期待に心拍数が上がるような体にしたのは犬明だ。

体の芯が疼《うず》く。犬明で開かれたところが切ない。

軋むほど咥え込んだ熱を、もっと奥まで迎えようと体は揺らいだ。中も外も。達したばかりなのに、拙い動きで犬明を気持ちよくさせようとする。

「春……ああ、上手だな。すぐにイッちゃいそう」

「う、うそ…っ……あっ……」

「本当だよ。クラクラする……春の中、すごく気持ちがいい……もう柔らかいのに、すごくきつい……可愛いな、小さいお尻で俺をこんなにして……」

「そんな…こと…言わっ……あっ、あっ……」

くちゅくちゅと卑猥に音を立て、犬明は腰を緩やかに揺すった。

いつも涼しげな男は、熱っぽい息を何度もつく。乱れるその息遣いにも、恥ずかしい言葉にも、春の腰はヒクンと跳ねて震えた。

夢の中にでも引き戻されたかのようだ。

「……っ……ぅ」

微かに呻くような声を上げたかと思うと、春は急に静かになった。縋りついたままの腕の力を、ただ強くする。

「……春？　どうし……」

「……先生のっ？」

「え……」

「これ……先生のだよねっ？」

熱に浮かされるまま純粋な想いを告げる。

「嬉しい」

呆気なく達してしまったように、気持ちも堪えきれずにあっさり零れた。

自分に自信を持つのに手っ取り早い方法は、好きな人に好きになってもらうこと――単純でも叶《かな》わないと思っていた。

「そんなにスイッチ入れて知らないよ」

男の長い腕が背中に回る。掬《すく》い上げるようにしっかりと抱き留めながら、犬明は言った。

「えっ……スイッチ？」

「さっきから何度も君は押して入れまくってるんだけどね。パチンって……」

意味を詳しく考える間はなかった。

「あ…っ……ひぁっ……」

ぐっと突き上げられ、腰がせり上がる。互いの腰が強くぶつかり合う。

全部入ってると知らしめるように、密着した腰を大きく揺すられ、春は啜り喘いだ。とっく

に勢いを取り戻したものは、先端を濡れそぼらせている。波のような揺れに合わせ、男の締まった腹に触れて快感が迸った。

「あっ、ま……っ……待って……とけそ……溶けちゃ……っ……う……そんなに、した……らっ……」

舌をもつらせながら、泣き言めいた声を上げる。

額にうっすらと汗を滲《にじ》ませ、犬明は応えた。

甘く掠れた声で、春をいつも唆《そそのか》す。

「じゃあ、一緒に溶けようか」

拒めるはずもない誘い。膨れ上がっていく欲求を春は感じた。

汗ばんだ体を手も足も絡ませ、愛しくて堪《たま》らない男を深く抱く。

犬明の言葉どおりになるのに時間はそうかからず、共に駆け上がるように果て、二人は一つに溶け合った。


寝返りを打った春は、小さな呻き声を漏らした。

ちょっと前までの行為の激しさが嘘のように、ベッドの上は穏やかだった。

まるで嵐の去った凪《なぎ》の海だ。海で嵐に遭遇したことも、夜を過ごしたこともないけれど、ふとそんな風に春は思う。星もない天井を仰げば、隣から声がかけられる。

「大丈夫か、春？」

ナイトテーブルのスタンドの明かりはまだ点《つ》いていて、互いの顔ははっきりと判る。

逆光の犬明は、心配げな表情だ。

『本当は初心者でした、すみません』の申告をしたにもかかわらず、途中からは箍《たが》が外れたように欲望をぶつけ合ってしまった。

与えられるうち、求めることを知った。覚えたての快楽に夢中になって何度も——何度も。

平常どおりとは言えない腰の具合に、気恥ずかしさを覚えつつ告げる。

「……ちょっとガクガクしてるだけ」

「どこが？」

布団の中で向かい合った男は、すっと目を細める。からかうような言葉と笑みに、思わず春はパンチを繰り出した。

猫パンチにも遥かに劣り、所詮できたてのカップルの戯れでしかない。犬明は避ける素振りさえ見せず、顎にヒットした拳は思いがけないものに触れた。

「……ヒゲ？」

僅かな剃り残しを感じた。セックスの最中にも触れたけれど、気のせいかと思っていた。

「まさか、髭《ひげ》が生えないと思ってたのか？」

「先生が剃り残すなんて意外な感じで」

ギプスをしていたときでさえ、身嗜《みだしな》みは隙なく完璧だった犬明らしくない。

「君が部屋を出てから散々だったからな」

「へ……」

「髭は剃り残すし、料理は焦がすし、ベスのおやつは催促されるままに二回やったり、散々だ」

ベスのおやつは散々の部類に入るのか疑問ながら、凡ミス続きには違いない。

「知らないだろう？　ベスは純粋無垢《むく》そうな顔をしてるけど、食べ物のことになると結構したたかで、嘘をつくのも上手い。しれっともらってない顔で、お手とおかわりをするからね」

春は思わず小さく笑った。

キラキラした目でおすわりをし、右足、左足と一生懸命に繰り出すベスは容易に想像がつく。

「ベスが太ったら、君のせいだよ？」

「なんで、俺……」

不満そうな犬明の表情が拗ねたように感じられ、春は見入ってしまった。少し掠れた気だるい声。乱れた髪にまで色気を感知し、ドキリとなる。

「君がいなくなるまでは……いや、君が来るまではこんなじゃなかった」

二人の距離は三十センチに満たない。すぐそこから、犬明は春を見つめて言った。

「俺は基本一人でなんでもできる。料理も洗濯も。家事は苦にならないし、犬の世話は趣味みたいなものだ。でも、君がいないのは不便に感じた。アーティチョークなんて、一人で一枚ずつ剝いで歯で扱いて食べてたら、『なにやってんだろう』としか思えなかった」

「先生……」

「ああ、間違えた。不便ってのは言葉が違う。淋しかったんだよ。初めて、そんなことを感じた」

苦笑して、犬明は訂正した。

春はそんなはずはないと、すぐに思った。

三十年以上生きて、一度も淋しさを感じたことのない人間がいるはずがない。

ただ、犬明は認めなかったのだ。元カノの姉のときも、その前も、その前も。キスの上手な男は、なにがあっても淋しさから目を逸《そ》らし続けた。

今まで、ずっと。

それは、犬明にとって美学のようなものなのかもしれないけれど、とても哀《かな》しい。痛みや傷に気づかなければ、癒すことだってできない。

春はそっと男の額の辺りに手を伸ばし、指先で掠めるように撫でた。

「先生、淋しさを知らない人に、あんな小説は書けないよ」

「そうかな？」

「うん。ファンが言うんだから、間違いない」

「急にファンぶられても困る……」

犬明は言いかけた言葉もそのままに、突然バッと身を起こした。

「そうだ。一番最低なのは、原稿が捗らなくなったことだった」

「えっ」

まさかの理由に、春も動揺して起き上がる。

これまでの会話もすべて吹き飛ぶほどの衝撃だった。

「それってすごくヤバイんじゃ……」

「ヤバイね。しかも、今の原稿は編集者に明日渡す約束をしてる」

「はっ、明日⁉　なっ、なにやってんの！」

ピロートークどころか、何時間も前まであやまちは遡る。

ゲイバーに顔を出したり、元同居人のヘルパーを救い出したり、セックスしたりしている場合ではないだろう。

「今夜、スパートをかければどうにか間に合うところまではできてるんだ」

「今夜はもう終わろうとしてるんですけど……ひ、日付変わってるし」

「しょうがないだろう、君がセックスしたいって言うから。切羽詰まった顔で、『抱いて』って迫られて断れる男がどこにいる」

「ひっ、人のせいにするなよっ！」

否定したものの、確かに自分のせいだ。

まるで誘惑したかのような認めがたい事実に、春は両手で顔を覆った。まだ服も身に着けていない。なにもかもを晒した事後でも、恥ずかしいものは恥ずかしい。

指の間から犬明を見てハッとなった。

「そ、そうだ、その出版社の人に頼むってのは？　担当さん？　原稿の締切って少しくらい余裕もって組んであるんじゃないの？」

ベッドの端に腰をかけた男は、拾い上げた服を身に着けながら、どこか冷ややかに応えた。

「だからなんだ」

「え……」

「締切が早めに設定されているかどうかなんて関係ない。口頭の契約であっても、約束した日が納期だろう」

「りょ、了解」

春は気圧《けお》されつつ返した。

非の打ち所がないと評判の、完全無欠の小説家先生のモチベーションがどこから湧いているのか今判った。

「もしかして……先生、すごい負けず嫌いだよね？」

「そうみたいだな。負けたことがないから気づかなかった」

「……そっか」

返事もすごい。なにからなにまで、凡人の春は驚嘆するしかない。

クールで涼やかなのは表面ばかり。犬明の正体は、なかなかに負けん気の強い自信家で熱い男のようだ。

そして今も、負けるつもりはさらさらないらしい。

「まだ、あと十時間はある」

深夜にもかかわらず、シャツを羽織りながら颯爽と寝室を出る男を、春も慌てて身支度を整えて追いかける。

書斎に籠るつもりであろう犬明は、明かりを灯したリビングでベスの歓迎を受けていた。

大きな体をくねらせるほどの喜びようで、春のことも『具合なおった?』というような顔で見る。

「ベス、起こして悪いね」

「先生っ、俺も手伝う……って、小説の手伝いって、なにができるかな」

「コーヒーを淹れてくれ。エスプレッソだ。それから、ベスの相手を頼む。『先生』呼びはナシだ」

犬明はきびきびと指示をくれる。

コーヒー以外は執筆の手伝いとは言えない内容ながら、作家先生の精神の安定に繋がるのなら必然だ。書斎に向かう男は、振り返るともう一つ注文をつけた。

「あと……春、あの店は辞めてくれ」

「ドロップス？」

「ゲイバーを否定するつもりはないけど、あの店は俺の心臓が持たない。気になって、原稿どころじゃなくなる」

すでにそうなっていたのかもしれない。

「そういえば笹澤氏の連絡先も教えてなかったね。店のツケはちゃんと払ってもらえるよう協力するよ。然《しか》るべき職業の人に交渉してもらう手もある」

「わ、判った。ありがとう。お店は俺も辞めようと思ってたから」

春の返事に、犬明は満足そうに頷いて去り、廊下の先で書斎のドアの閉じる音が響く。

見送った春はキッチンに向かい、カウンターの前に立った。

「さて、まずはコーヒーだな」

軽やかな足取りでついてきたベスが隣に座り、『その次はボク？』という期待に満ちた顔で仰いでくる。

「ベス、こんな時間にボール遊びはできないよ？　なにしようか。しりとりでもする？」

ふさふさのしっぽはいつもどおり左右に振れており、『いいよ』と受け取る春は、「そっか、しりとりか〜」と応えて笑った。
幸せいっぱいの笑みを浮かべた。

「本当に素敵な店ですね。内藤《ないとう》さんが勧めるのも判るな」
純白と表現したくなるクロスのかかったテーブルで、担当の女性編集者と向き合った犬明は
そう言って笑んだ。
「気に入ってもらえてよかったです。先生のお好みだと思ってました」
『仕事明けにぜひ』と約束したイタリアンレストランだ。モダンイタリアンの名店で腕を磨き
続けたシェフが、新しくオープンした店だそうで、原稿の上がった夜に早くも誘われた。
店内は余計な装飾を感じさせないシンプルな内装ながら、エレガントという言葉がよく似合
う。一つ一つの調度品の質はもちろんのこと、フロアの奥行以上ではないかと思わせる吹き抜
けの高い天井が、なにより贅沢な空間だ。
想像力を刺激する前菜のプレートは、これからの美食の数々を充分に予感させる。
そして、なによりワインだ。
「ああ、美味しい。原稿が終わった後のワインは格別ですね」
徹夜になってしまったが、春とベスにも協力してもらい、昼近くまでかけて原稿は無事に上

がった。これほど美味しい酒はない。

今度、春をこの店に誘うのもいいなと思った。付き合い立てのカップルの思考も加わり、犬明はどこまでも上機嫌だ。

見た目は緩みすぎることはなく、質の高い店に見合ったスーツ姿で優雅にグラスを傾けた。

ワンピースの編集者のほうは、原稿について触れた途端に浮かない表情だ。

「すみません、それが原稿の確認はまだで……」

「え……」

「あっ、もちろんいただいたメールは確認しています。本当は原稿も拝見してから、伺うつもりだったんですけど」

予定どおりに仕事が運ばなかったらしい。

夜を徹して上げた原稿が、まだ見てもらえていないとは、これ以上の肩透かしはない。春の言うとおり、時間の猶予があった証拠でもある。

犬明は気を取り直して宥めた。

「いや、大丈夫ですよ」

「先生、本当にすみません」

「判ってますから。急を要する原稿がほかにあったんでしょう？　本来ならとっくに校了を迎えているはずの。締切を守らない作家とか、気紛れで自由すぎる作家とか、猫を飼ってる作家が巷《ちまた》にはいると聞いてます」

同意に救いを得たように頷いていた女性編集者は、最後に「ん？」と首を捻りそうな顔になった。

猫は無関係のはずだ。しかし、突拍子もない単語に思い当たる節はあったらしい。

「猫？　そういえば……猫を飼ってらっしゃいますけど」

「やっぱり。猫の数は確認しておいたほうがいいですよ。数が多いほど締切は守れないとか。確かな筋の情報ですから」

論理的とは言いがたい会話ながら、メモでも取りそうな顔で彼女は大きく頷いた。

「僕の原稿は大丈夫のようだし、気にしないでください。さぁ、食べましょう」

「犬明先生……さすがですね。先生のような方がいてくださるから、私はこの仕事をまだまだ頑張りたいって思えるんです。本当にありがとうございます」

よほど辛《つら》い目に遭わされたのだろう。可哀想《かわいそう》に涙目だ。

犬明は気づかぬ素振りで微笑み、彩り豊かな料理を口に運び始めるも、前菜のプレートが下がり一段落すると、メインまで辿り着かぬうちについ気が緩んだ。

無意識に口元に手を運び、女性編集者が驚いた顔になる。

これまでどんな場でも見せなかった仕草。

欠伸《あくび》だった。たかが欠伸ながら、完全無欠の小説家先生においては珍しい。

「先生、寝不足ですか？　もしかして無理をなさったんじゃ……」

犬明は瞬時に自分を取り戻し、余裕の笑みで応えた。

「まさか。僕はいつもどおりでしたよ」

小説家先生の犬と猫

「あ、綺麗《きれい》」

ページを捲《めく》った春《はる》は、思わず感嘆の声を上げた。

目に飛び込んできた絶景に、迷わず黄色いフィルム付箋をページの頭に貼りつけると、ソファの足元で伏せをした犬がふさふさのしっぽを大きく揺らす。

犬明《いぬあけ》の愛犬、ゴールデンレトリバーのベスだ。目が合うといつでも口を開け、愛嬌《あいきょう》たっぷりの笑顔になる。犬が本当に笑っているかなんて判《わか》らないけれど、ゴキゲンの目の輝きに幸せを感じずにはいられない。

平和な日々だ。

春が犬明の家に戻り、ひと月ほどが経《た》つ。

五月も半ばを過ぎ、きらめく日差しはすっかり初夏の気配。開け放したリビングの大きな窓から覗《のぞ》く青空は眩《まぶ》しく、吹き込む爽やかな風に思わず目を細める――そんな毎日。

最終ページまでチェックを終えた本を閉じると、タイミングを合わせたように奥の書斎から犬明の出てくる気配がした。

「あ、おつかれさま、先生」

春の声に合わせ、ベスも大きくしっぽを振る。それだけでは足りないとばかりに立ち上がり、熱烈歓迎の意を全身で表す犬は、ワフッと主人にじゃれつきにかかった。

「わっ、ベス、判ったからっ……！」

困ったような声を上げつつも、愛犬を受け止める男の表情は満更でもない。

「資料、こんなにたくさんチェックしてくれたのか。ありがとう」

ソファの隣に並び座った犬明は、春がテーブルに置いた本を一冊手に取った。版型も厚みも様々な本が十五冊ほど積み重なっている。

この家の資料部屋から持ち出した本もあれば、新しく春が探して購入した本もあった。

「うん、いろいろ集めてはみたんだけど役に立つかどうか。条件に当てはまる山は限られてて……先生の言ってたイメージに一番近いのは、やっぱりスイスのアイガー北壁かな。でも観光ガイドは多いんだけど、だいたい似たり寄ったりの内容で……」

「景観以外に崖に興味持つのはクライマーくらいだろうからね。後は地質学者とか……」

「そのクライマーが撮ったものなんだけど、この写真どうかな?」

先程の写真のページを開き見せると、犬明も絶景に息を飲んだのが判った。

美しい写真には違いない。それ以上に、冷たい手で心臓をつかまれるような迫力がある。高さ千八百メートルの岩壁。富士山《ふじさん》の半分ほどの高さが、体感はほぼ垂直に等しい絶壁だ。

クライマーがビバーク中に撮った写真は、冷たい岩肌が眼前に迫り、北壁の人を寄せつけない厳しさと、遥《はる》か遠い地上になだらかに広がる緑の優しさのコントラストが胸を締めつけた。

絶望と希望が同時に存在する。

「ドローンでも撮れない写真だな」

「リアルにこの高さで宙づりになったら、ショックで息が止まりそう。ホント、ハイウェイの世界って感じ」

犬明の小説の人気シリーズ、『ハイウェイ・メソッド』の略称を口にすると、目が合った男はどことなく面映《おもは》ゆそうに笑む。

「助かるよ。下調べはなかなか効率よくできなくて困ってたからね」

「よかった、役に立ちそうで」

今度は春がはにかむ番だ。

ホッとした。犬明の求めている資料とは、なにも文字で記されたものではないのだと、この一ヶ月アシスタントをしてみて判った。

ゲイバーのドロップスを辞めた春は、今は彼のアシスタントとしてこの家にいる。

笹澤《ささざわ》の金銭問題は、本人を見つけ出しクリアになった。犬明の人脈で『然《しか》るべき人』まで同行してもらったところ、翌日にはもう支払いが完了していて効果てきめん。おかげで店は円満退職だ。

そして、住む場所だけでなく仕事まで。

なにからなにまで世話になり、恩人の域だ。犬明は『住み込みの仕事だと思えばいい』なんて、軽く言ってくれるけれど、果たして自分は給料に見合う仕事をできているだろうか。

「昔は海外にも取材に出かけてたけど、最近は全然だな」

パラパラと本を捲りながら、思い当たったように犬明は言った。

「忙しいから？」

「それもあるけど、ベスが来たからね。ペットホテルに長期間預ける気にはなれないし。連れて行くのも不安があるから、海外旅行は滅多にしなくなったよ」

自分の名前にピクリと反応し、ベスは主人の顔を窺《うかが》う。

いかなるときも全力で信頼と愛情を向けてくる犬が、可愛《かわい》くてならないに違いない。いつも陽《ひ》だまりみたいな匂いのする頭を長い指の手で撫《な》でながら、犬明は欠伸《あくび》を漏らした。

仕事は規則正しく予定どおりがモットーの作家先生も、このところタイトな生活を送っている。

「コーヒー淹《い》れようか？」

春の気遣いに、犬明は首を振った。

「いや、少し仮眠をとる。五時には起きるよ。夕方のベスの散歩は久しぶりに僕が行こうかな」

「え、じゃあ……」

「ああ、ようやく一区切りついた。原稿も送信をすませたから、これで気兼ねなく休める」

疲れを滲《にじ》ませつつも、晴れ晴れとした声音で伸びをする。「そうだ」と不意にこちらを向いた男の顔は距離が近すぎ、春はドキリとなった。

「な、なに？」

「明日は脱稿祝いに美味《おい》しいものでも食べに行こう」

「あ……明日って、夜？」

「ああ、こないだ作光社《さくこうしゃ》の担当に誘ってもらったイタリアンの店がすごくよくてね。春とも行きたいと思ってたんだ。予約取れるといいけど……どう？」

「ごめん、夜はちょっと……」

犬明は目を瞠《みは》らせた。

まさか断られるとは思っていなかったらしい。

「先約でもあった？」

「先約っていうか、バイトの面接が入ってて……」

予定を打ち明けた途端、気まずさは倍増する。春はつい言い訳めいた言葉を並べた。

「ちょうど条件のいい店があってさ、シフトも融通利くみたいだし、アシスタントと両立できそうだなって！　あ、店って言っても普通のバーだよ？　ピアノの生演奏もある洒落《しゃれ》た店で、先生も好きそう……『和気あいあいの働きやすい店です』って、求人サイトにも載ってたんだ」

訊《き》かれてもいないことまで語るのは、疚《やま》しい気持ちがある証拠か。

言い訳は大抵なんの意味もなさない。むしろ状況を悪くする。

「それは、僕のところは働きにくいってこと？」

「まさか」

「待遇の面で問題があるなら相談してくれれば」

「問題なんてないよ」

「一応、雇用主の自覚はあるつもりだ。給料のことでも遠慮しないで……」

「違うってばっ！」

どうにか否定しようと躍起になった。

「問題はないし、不満もないし、お給料は貰《もら》いすぎてるくらいだし、先生にはメチャクチャ感謝してる。でも、いつまでもこのままってわけにはいかないから」

ぽろりと本音が零《こぼ》れる。

人生は長い。半世紀でも長いのに、今や一世紀あるような時代だ。

性マイノリティのコンプレックスをきっかけに、大学まで中退してしまったような春ながら、お金持ちの恋人にちゃっかり養ってもらうような関係がいいとは思えなかった。

「ずっとここに住まわせてもらうわけにはいかないし、将来どうなるかだって……判らないし」

「将来って？　君のやりたい仕事とは違うってこと？」

「そ、そういうわけじゃないけど」

「だったら、どういう意味？」

犬明は察しのいい男だ。

春は気まずさから目を逸《そ》らした。

結婚だって永遠とは限らないのに、ただの恋人。しかも男同士。片方は元ヘテロで付き合っているだけでも奇跡のような関係なのに、『未来永劫《えいごう》、二人は一緒』なんて考えられるほど春の頭はおめでたくはない。

頭上で微《かす》かなため息が響き、春はいつの間にか深く俯《うつむ》いた自分に気がつく。

「昔会ったときも、君はそうやって俺に旋毛《つむじ》を向けてたね」

「……旋毛？」

「いや、なんでもないよ」

緩く首を振り、犬明は声を和らげた。

「せめて相談してくれればよかったのに。言いづらかったとか？」

「……ごめん。まだ受かると決まったわけじゃないから」

「受かるよ」

「え……」

「俺の春が受からないわけないだろ」

春は驚いた。不興を買ったはずの男はもういつもの穏やかな笑みを取り戻していて、最初からバイト探しを応援してくれていたかのような言葉をかけてくる。

彼は自分よりいつもずっと大人だ。

優しくて聡明《そうめい》で、できすぎた恋人。

「買いかぶりすぎだよ、先生」

「そうかもね。惚《ほ》れた欲目はある」

さらりと言ってくれる。好きで好きで、大好きで仕方なくとも、なかなか素直に言葉にできない自分とは対照的だ。

どこをとっても敵《かな》わない。

「じゃあ明日は諦めるから、近いうち空けておいてくれよ。夕飯だけじゃなくて昼も……どこか二人で行きたいところはある？」

「それって……」

完璧で甘い恋人は、悪戯《いたずら》っぽく目を輝かせた。

「デートしようって言ってるんだよ。『先生』はくれぐれもナシで」

二日後の木曜日、二人で出かけた。

「本当にこんなところでよかったのか？」

もう二度目の問いなのに気づいてか気づかずか背後を窺ってくる犬明に、春は少し笑った。

都内のサイクリングコースのある公園だ。タンデムスタイルの二人乗り自転車をレンタルし、二つあるペダルの一つを春は後ろの座席で漕《こ》いでいた。二馬力の推進力はなかなかで、ぐんぐんと景色は飛び去る。

犬明の薄いブルーのシャツの肩越しに見える青空と、頭上を流れゆく緑。木漏れ日を感じながら走る自転車は、ペダルを踏み込む勢いに合わせて風も吹く。

広い園内を巡るサイクリングは街中とは思えない解放感で、初夏のからりとした空気を満喫するにはちょうどいい。

「こ、こんなところじゃなくて、ここがよかったんだよ！　定番のデートって、そういえばしたことなかったなって思って！」

風で流れそうになる声を春は張った。

「サイクリングデートって、定番かな？」

「大人はあんまりやらないかも？　楽しそうだったから！　高校んとき、自転車通学のカップルいてさ！」

クラスに何組かいた。二人乗りだったり、別々の自転車だったり。デートと言うより、ただの通学の足に過ぎなかったのかもしれないけれど、『青春っぽくていいいな』なんて密《ひそ》かに思っていた。

当たり前があの頃の自分には遠すぎた。

どうやら大人になって忘れるどころか、叶《かな》え損ねた夢みたいにずっと頭の隅のほうにあったらしい。

「この自転車は通学って感じじゃないかな」

通学にタンデムの特殊自転車はない。

「いいんだよ、自転車には違いないし！」

後部席にもハンドルはついているため、犬明との距離はだいぶある。しがみつくどころか触れることもなく、顔すら見えないけれど平静を保つにはちょうどよかった。

未《いま》だに非日常的な距離には慣れない。

キスやハグはいつも犬明からで、春は欲しがるでも奪いにかかるでもなく、雛鳥《ひなどり》がただ口を開けて親から与えられる餌を待つみたいに傍《そば》にいる。

欲しいに決まっているのに、受け止めるだけで精いっぱい。

おやつをねだるベスのほうが、まだ素直で積極的と言える。

「ちょっと寄ってこうか」

中央の広場をぐるりと回るなだらかなカーブの途中、犬明がスピードを緩めて言った。平日なこともあり、芝生の広場に混雑はない。

自転車を止めると、目についた自販機で飲み物を買ってくれた。春は無糖の紅茶で、犬明はブラックの缶コーヒー。どちらもアイスだ。

芝生に並び座って開ければ、互いのキャップを捻《ひね》る音が二重奏のように響く。どこまでものんびりとした空気だ。

「ねぇ、先生こそこんなところでよかったの？　仕事以外で出かけるの、久しぶりなのに」

「新鮮でいいよ、公園はベスの散歩くらいしかこないから」

「自転車は学生のとき以来？」

「いや、昔も乗ってなかったな」

「通学も？」

「ああ」

「デートも？」

「まあ」

探りを入れたわけではないけれど、つい気になって突っ込んだ。

「徒歩？　電車で出かけてたってこと？」

「それもあったけど……車で迎えに来てくれてたから」

「車って、社会人の女の人と付き合ってたってこと⁉　あ、でも先生らしいかも。すっごい大人のデートしてそう」

「すごい大人のデートって、どんなのだよ」

コーヒー缶を傾けながら犬明は笑った。

「バイト先のレストランの客だったってだけだよ。僕も年上に憧れる年頃だったからね。今考えると、もったいないことしてたな」

「もったいない？」

「自転車デートもし損ねたし？　春の話聞いてたら、なんかいいものに思えてきた」

「俺はただ……ないものねだりだっただけだよ」

「ないものねだりか……まぁいいさ、おかげでお互い今存分に楽しめてるわけだし？」

缶を傍らに置き、犬明は芝生に長い足を伸ばして寝そべった。

「ちょっ、ちょっと……」

軽く胡坐《あぐら》をかいていた足を膝枕にされ、春は戸惑う。サイクリングに合わせ、スポーティなカジュアル服の犬明は汚れる心配もないのかもしれないけれど、春は膝の重みをどうしたらいいのか判らない。

リラックスどころか、ピンと背筋が伸びた。

「先生、これは一体……」

「だから『先生』はナシだって。何度言わせるんだよ、君は。そういえば、膝枕も未体験だったなと思って」

男のロマンの一つかもしれないけれど、こういうのは女の子とすべきことだろう。

「せんせ……昇《のぼる》さん、ヤバイって、人見てる」

「誰も気にしてないよ」

「いや、ホントに見てるから」

気にしていないのは犬明ただ一人だ。

春の視線の先を確認しようともしない男は、抜けるような青空を仰ぐ姿勢のまま、心地よさげに目蓋《まぶた》を落とした。

急に芝生でいちゃつき始めたカップル。やや童顔と言えなくもない痩身の男と、遠目にもハンサムな大人の男。ふざけているだけと思われているかもしれないけれど、周囲を意識せずにもいられない。

「……昇さん？」

そっと声をかけてみるも、犬明は目蓋を起こす気配もない。

まさか本気で寝ようというのか。

軽く腹の上で手を組んだ男はピクリとも動かず、風だけがそよいでいた。遠くのドッグランの犬の声や、家族連れの幼い子供たちのはしゃぐ声を運ぶ風は、目を閉じた男の日に透ける髪を優しく揺らす。

額の上で誘うように揺れる髪に、やがて春は恐る恐る手を伸ばした。

撫《な》でつけようとした指が掠《かす》めた瞬間、閉じた唇が急に動いてビクリとなった。

「春、夏は海に行こう」

唐突だ。起きていたのか。

「うん、夏はやっぱり海だろ？　海水浴もいいけど、興味あるなら一緒にサーフィンしないか？　こう見えて好きなんだよ、マリンスポーツ」

「知ってる」

つい力強く応えた。

雑誌などのインタビューに答えて語るのをチェックしていた春は、きっと犬明が思うよりもずっと彼のことを知っている。

「そっか、じゃあ話は早いな」

「でも、すごく難しいんだろ、サーフィンって。俺、こう見えて運動得意じゃないし……こう見えてっていうか、まんまだけど」

「簡単だよ、板の上に立ってればいいだけなんだから」

思わず沈黙しそうになる。それが難しいから、みんな苦労して練習しているのだろう。

「夏は海行って、かき氷でも食べて、夜は花火しよう。秋はなにかな……冬は僕はスキーだけど、春それも付き合ってくれる？」

「……昇さん」

小さな約束を積み重ねるように告げる男に戸惑う。まるで、ずっと繋《つな》がっていると教え聞かせられているかのようだ。

この先もずっと、二人の時間は続いていくのだと。

簡単に終わりはしないと。

「ああ、その前に今日の夕飯はどうする？　美味しいイタリアンを知ってるんだけど、そこでもいいかな？」

「あ……担当さんと行ったお店？」

「そこはまた今度。もっといい店を知ってるんだ。メニューはシェフのおまかせしかないけど、予約はいらないし、いつ行っても貸し切りで落ち着くから、君も気に入ると思う」

「貸し切り？」

予約もなしに貸し切りとは、流行《はや》ってないということだろうか。

「そう、ちょっと食い意地の張った可愛い看板犬もいるんだよ」

犬明はふふっと笑って目蓋を起こし、眩《まぶ》し気に日差しに手を翳《かざ》した。

犬明のお薦めの店はセルフサービスで、春は食後は代金の代わりに皿を洗った。

日暮れ前に戻った自宅だ。家主の拘《こだわ》りのインテリアに囲まれた眺めも最高の部屋は、街の洗練されたレストランにもロケーションは引けを取らない。

美食家でもある小説家先生の手料理で至福のひととき。看板犬のベスは給仕係してくれなくとも、愛嬌でカバーだ。

「でも、自分で美味しい店って言っちゃうかな」

春はふっと思い出して苦笑する。

「じゃあ、お口に合うか判らないそこそこの店を知ってるけどどうって?」

「……すごく美味しかったよ」

「だろう?」

ここは素直に敗北を認め、「ごちそうさまです」と応える。

「デザートまでは準備してなくて悪いね」

耳元で擽《くすぐ》ったく響く声。背後から肩越しに覗《のぞ》き込むやけに熱心な視線を感じ、皿の洗い方のチェックだろうかなんて、惚けた勘違いを本気でしてしまった。

「あ……」

するっと男の大きな手が腰骨を摩《さす》るようにして両側から回り、春はビクンと身を竦《すく》ませる。

後ろ抱きで捕らわれ、熱い視線の意味がようやく判った。肩に触れる顎の感触に、どぎまぎしつつもどうにか冷静さを装おうとする。

「そんなにくっついたら、洗い物しづらいよ」

「じゃあ、終わったら……いい？」

艶めいた声に「えっ」となった。

「それって……あの、つまり……」

「なに、驚くとこなの？」

「だ、だってまだ……その、一週間経ってないし」

皿の泡を流しながら、春は尻すぼみになる声で返す。

押しかけの居候から、アシスタントもする恋人へステップアップして一ヶ月。犬明は仕事が忙しく、デートもままならなかったとはいえ、あっちのほうはなにもなかったわけじゃない。

あれから、三回した。週に一回くらいのペースで。同棲中《どうせいちゅう》の恋人としては少ないのかもしれないけれど、それが犬明が自分とのセックスに踏み切るスパンなのだろうと納得し始めていた。

不満なんてあるはずもない。

一回だけなら勢いや好奇心で男同士のセックスをしてみる異性愛者もいる。けれど、普通はそれで終わりで、付き合わないし、まして自ら望んだりしない。

――なのに三回もしてくれた。

犬明に抱きしめられると、春の体は変になる。もう酔っぱらっても、おかしな薬を盛られてもいないのに、あの晩と変わらずぐずぐずになってしまう気がして平静でいられない。

恐れと期待で昂《たかぶ》ってしまう。

だから、なるべく考えないようにしていた。

週に一回のそのときまでは――

「べつに週一って決めたわけじゃないだろう？」

春の反応が意外だったらしく、犬明は不服そうな声だ。

「それはそうだけど……」

「こないだは……こっちもしなかったしね」

すっとカーゴパンツの尻を撫でられ、「ひっ」と腰が引ける。指先が卑猥《ひわい》に狭間《はざま》の窪《くぼ》みを掠めた。

「春、嫌なの？」

「……嫌じゃ……ない」

嫌なわけがない。

デートの締めにセックス。カップルの一日としても極普通で、意識すると上の空になった。

いつまでも白い皿を水に打たせる。

「食洗機使えばいいのに」

「す、少ないから、すぐすむし」

「その割に随分かかってるけど？」

どのくらい濯《すす》いだか判らなくなってしまい、いつもよりかえって丁寧になった。覗く男はくすりと笑い、どうにも大人しく待ってくれない大きな手のひらが、脇腹から胸元へと焦《じ》れたように這い上ってくる。

「お、落としちゃうからっ」

「ふうん、お皿を割ったら、お仕置きかな」

「なにっ、お仕置きって……」

ますます動揺がひどくなった。ついに春はつるりと手を滑らせてしまい、予期した犬明がシンクの中で器用にパッと受け止める。

「……お仕置き、なにがいい？」

悪戯っぽい囁《ささや》き。春の細い腰はからかわれて判りやすくビクつく。密着した体を反転させられたかと思うと、向かい合った恋人の唇はふわりと着地するみたいに降りてきた。

甘いキス。不慣れで引けそうになる春の後頭部を、手のひらが支える。

「……春」

しっとりと唇は押し合わさった。

角度を変えながら深くなっていく恋人の口づけはとても上手で、最初の戸惑いとは裏腹にいつも瞬く間に春をうっとりさせる。

「ん……」

上唇も下唇も代わる代わるに啄《ついば》んで捲られ、歯列は抉《こ》じ開けられるまでもなく緩んだ。濡《ぬ》れた粘膜が触れ合う。シンクを打つ流しっぱなしの水音も意識から遠のく。いつの間にか、犬明がレバーを下げて止めたことにも気づかなかった。

閉じていた目蓋を夢見心地でぼうっと開けば、首筋に柔らかな唇の感触。

「あ……待って……」

「もうお皿は洗い終わっただろう？」

「こっ、ここで？」

「ここもそこも僕の家だよ。誰も見てない」

「でもっ……」

開放感のあるキッチンの向こうは、眺めのいいリビングダイニングだ。

ベスはソファの傍の気に入りのクッションで眠っているのか、ずっと気配もない。主人の望みに敏感な賢い犬は、命じられなくとも二人の『親密な交流』を邪魔することはなかった。

「……んっ」

撫で上げる仕草でTシャツを捲《まく》られ、生白い肌と共に胸元が露《あら》わになる。

「春のここは小さくて可愛いな」

ぷくりと浮いた小さな粒に指先が触れて、居たたまれなさに身を捩《よじ》った。

乳首のサイズはともかく、膨らみのない胸は未だにコンプレックスだ。恋人になれたらすべてが帳消しで、犬明がヘテロであることまですっぱり忘れられるほど都合よくはない。

「か、可愛くなんて……ないし」

吐息が掠めるほど、そこに顔が近づく。

「可愛いよ。春のここは小さいから服の上からだと探しづらいけど、その分探り当てたときは嬉《うれ》しいね」

「そんな発掘みたいなこと、言われても…っ……ぁっ……」

「ほら、すぐに膨れてくるし……いっぱい感じてくれる」

ちゅっと小さな性感帯を唇で食《は》まれて、シンクに預けた腰が震えた。

「昇さ…っ……」

犬明は恋人に甘い。普段から博愛主義なまでに人に優しくスマートな男であるから、想像はついていたけれど、恋人へのサービスは格段だ。

言葉も愛撫《あいぶ》も、現実に想像が追いつかない。

「……ふ…ぁっ」

やんわりと尖《とが》りを刺激する唇に、容易《たやす》く春の身は悶《もだ》える。上へ下へと舌先でねっとりと転がされ、恥ずかしさのあまり右に左に首を振りたくった。

「やっ……ぁっ、あ……みっ、右も……？」

「こっちだけ放っておいたら、可哀想《かわいそう》だろう？　どっちも、春の可愛い乳首なのに」

「なに、言って……っ……んっ、ふ……っ、ぁっ……」

犬明に乳首を弄《いじ》られて、鼻にかかった甘え声を上げる自分が信じられない。緩く重なり合った腰までも切なげに揺すって、早くも中心が硬くなっているのを知らせてしまう。

「ほらね、こっちの乳首も喜んでくれてる」

「ば、バカ……」

力の籠らない突っ込みなど、暴言にもならなかった。

「……せんせ?」

重力に引っ張られるように、身を屈《かが》めた男の唇が肌を降下していく。胸元から腹部へ。こそばゆく臍《へそ》を掠めて這《は》い降りた先は、ボトムの縁だ。

行く手を阻む衣服をあっさりと手で寛《くつろ》げられ、欲望を暴かれた春は震えた。ずり下ろされたボクサーショーツから、ようやく解放されたとばかりにアレが飛び出してくる。

「だ、だめ…っ……」

躊躇《ためら》いなく触れようとする唇に、春は反射的に声を上げた。

「……フェラは嫌い?」

そんなはずもない。初めてされたときもメチャクチャに感じたし、二度目もトロトロになってしまい、今だってもう。

だからこそ反射的に拒んでしまう。

「あっ、ダメ……だめ……」

「春……いつもそうやって嫌がるのは、本気？　本当にそうなら言ってくれないと」

「だ、だって、汚いし……そんなのっ……先生、しなくていいんだってばっ、ホントにっ」

根元に口づけられ、それだけで罪悪感が芽生える。せめてあのときのようにアルコールの助けでもないと、リアル過ぎて受け止めきれない。

「あっ……」

張り詰めた幹へ這い登ろうとする唇に、両手で力強く頭を押し返した。

目が合う。犬明の涼やかな眸《ひとみ》に、過ぎった陰のような暗がり。キッチンの光の加減のせいか、言葉に窮した春に低くなった声で男は告げる。

「……じゃあ、しない。僕は……俺は恋人の嫌がることはしたくないからね」

怒らせてしまったのか。半端に剝《む》かれた下着をずるりと引き下ろされたかと思うと、足の付け根の辺りを尖らせた舌先でなぞられた。

「……あっ……」

「君のいいところは、ちゃんと学習してるよ。よく感じるのは乳首や性器や……ああ、ココにもいっぱいある」

「あ、ちょっ…と……」

露わになった尻に男の手は回り、さっき衣服の上から掠めたあの場所を見つけ出す。狭間に滑り込む指先。軽いタッチにも春は身を震わせた。

「ふ…ぁ……」

「……まだこっちだけだと上手《うま》くイカせてあげられないかな。ヘタクソでごめんね。ローションも、ここにはないし」

「あっ……まっ、待っ…てっ……」

きゅっと恥ずかしげに窄《すぼ》まる入口を、指の腹で優しく撫でられおかしくなる。触れられてもいないものが、擡げた頭をヒクンヒクンと応えるように跳ね上げる。

「こないだは時間なくてできなかったし、久しぶりだから念入りにほぐさないとね……今日は、春も自分で馴《な》らせてないし？」

「え……」

「気づいてないとでも思ってた？」

抱いてもらえると判った日は嬉しくて、シャワーを浴びる際に、隅々まで綺麗にすると同時に指で馴らしておいた。

きついままで犬明に面倒がられて興醒《きょうざ》めされたらどうしようなんて——惚《ほ》れた男の反応を、春はひどく恐れていた。

「もしかして、俺に任せるのは不安だったとか？」

「まさか、違うっ……そうじゃっ、なくて……」

「まだ狭いけど、指一本ならなんとかなりそう」

なぞるだけだった指先に、クッと力が籠った。足の際どい付け根にキスを施しながら、じわじわと埋まっていく長い指に、春はぐずる子供みたいな声を上げる。

「や…っ、ま…だ……ぁっ、や…ぁ……」

男らしく節が張ってはいるけれど、荒れたところのない小説家先生の綺麗な指を感じる。いつもは少しひんやりとした、犬明のあの長い指。

「んん…ぅ……」

思い返しただけで腰がもぞつく。

「今、中がすごくきゅうってなった。なにを考えたの？」

「なっ……なにも」

「うそ。春、エッチなこと考えたんじゃなくて？」

「か、考えてない…っ、そんなこと……」

犬明は微かに苦笑した。

「そうだね。春はなかなか色っぽい気分にはならないみたいだしね……俺の魅力が足りないとか？」

「そんなわけ……」

「ない？　でも、俺はそっちの経験も浅いし……理解が足りてないのかも」

今もだって。

嘘《うそ》だと思った。最初から、春に我を忘れさせるほど犬明は上手かった。

「あっ、そこはっ……そこ、だ、だめ……ダメ……」

「ん……ここはすごく感じるところだ」

「あ…ぁっ……や、や…ぁ……」

「春、自分でこんな風に触ったことは？　前立腺なんて簡単に見つからないものだと思ってたけど……ほら、春のココ、きつく張ってて……こうやって弄ると、もっと」

「んんっ……や……」

硬く触れ心地が変わると教えられ、涙声になる。

「君のが特別判りやすいのかな？　これが普通なの？」

「やっ……知らな…っ……そこっ、あっ、しなっ……しな…っ…で、もっ……イジメな…いでっ……」

「虐《いじ》めたりしてない。いっぱい可愛がってるだけだろう？　ああ、前もとろとろになってきた……触らなくてもこんなに濡れるなら、確かに俺のキスはいらないか」

「ふっ、ぅ…っ、や…っ……」

無意識に右手が動いた。中心へ下りた手を、犬明の空いた左手に阻まれ、切なさだけがいつまでも纏《まと》わりつく。

「ダメだよ、これから俺とセックスするのにオナニーは」

「おな…っ……」

言葉でも嬲《なぶ》られているとしか思えない。

もしかして、さっき言っていたお仕置きなのか。触れてもらえずに張り詰めたものがつらい。泣きじゃくるように濡れ、濃く色づくほどに熟れたもの。

もう本当に欲しくて駄目だった。

「もっ、あ……せんせ……もっ、もう」

「もう、なに?」

我慢できない。

「あっ、は……」

「ちゃんと、顔を見て言ってくれないと」

春の眸は眦《まなじり》まで濡れていた。

「もう、して……もう…っ……」

自分の理性なんてこんなものだ。

本当はしてほしい。大好きな人にいっぱい触れてほしい。

「お、お願い、せんせ……昇さん、ここに……前にもっ……キス…っ…して、ほしい」

しゃくりあげるような声で訴えた。

つっと先走りが透明な糸を引くように零れ落ちる。眩暈《めまい》がするほどの卑猥な光景に、犬明のついた吐息が掠める。

「……いい子だ」

先端に唇を押し当てられて、春はもう言葉にもできずに啜《すす》り泣いた。ジンとした快感に包まれ、安堵《あんど》したのも束の間、唇は焦らすように表面を這い降りる。

「いや……先生……」

「どうしたい？」

「あ…っ、ん…んっ……」

「君は、俺にどうしてほしいの？」

「……る、さん……もっと、ちゃんと……くちっ……ぁっ、あっ……」

堪《こら》えきれずに腰が揺れる。軽く先端に口づけられ、啄んで促されただけでもうダメだった。自ら腰をせり出すようにして、春は犬明の唇を割った。じわりと感じやすい先っぽから、硬く張った幹まで埋める。

とろとろに濡れた性器が、好きでならない男の口腔《こうこう》で包まれる。

「……あぁ…ん……」

もう抗《あらが》えない。堪えきれない。

一度覚えてしまったら、抜け出せない悦楽だ。「嫌だ、ダメだ」と声を上擦らせながらも、恥ずかしく腰が前後に揺れる。

「あっ、だめ……こんなの、あっ、や…だ……やっ、い…い……気持ちい…っ……」

感じやすい性器を、生温かな粘膜で溶かされる。欲望は言葉と愛撫で一枚ずつ丁寧に剝かれてしまったように無防備で、深い快楽の前に逆らうべくもない。

余さずしゃぶられ、飲まれたみたいだ。

「……昇さっ…ぁん……あっ、あん…っ……」

腰を深く入れる度、じゅっと吸い上げるように締めつけられ、春は啜り泣いた。

後ろに穿《うが》たれたままの指が、リズムを合わせて内壁を擦《こす》り立てる。前も後ろも深い快楽に満たされ、重たい蜜でも蓄えたように、芯から体が震える。内も外も。

「昇さん、も…っ……いく……もう、イッちゃ…う……」

ガクガクと膝が笑い、床に膝立ちの男の両肩に縋《すが》りついた。

促すように、空いた腕で腰を引き寄せられ、許されたように思えた。強い鼓動でも打つように、性器が脈打つ。

大好きな人の中で果てそうになっているかと思うと、罪悪感を覚える一方で、ひたひたとした悦《よろこ》びに満たされる。

「あっ、あ…っ……んんっ……」

とぷっと男の喉奥で春は射精した。

犬明の唇の端からもいくらか溢《あふ》れるも、嚥下《えんか》したのは喉の動きで判った。

「あ……ごめっ……せんせっ、吐いて今の……っ、んっ……」

抜き出した性器にも犬明は口づけ、残滓《ざんし》まで舌で拭われ、春は戸惑う。

「なん…で……」

「……気持ちよかった？　たくさん出たね」

「なんで飲んだの、そんなの……ごめん、俺が抜かなかったから……」

今更ながら、勢いで口の中に放ったことを詫《わ》びる。

削《そ》いでしまった余韻に、犬明は苦笑した。

「春、謝るんじゃなくてほかのことを言ってほしいな」

身を起こすと、春のシンクに凭《もた》れかかる腰を抱き留めながら恋人の小説家先生は言った。

「違う場所なら言えるかな？　続きは俺のベッドで……夜は時間もゆっくりある」


漏らした溜《た》め息は、幸い誰にも聞かれることなく、ピアノの音にかき消された。

週末から春は、ピアノバー『モノトーン』でバイトを始めた。

プロの生演奏が自慢のシックな内装の店は、正統派スタイルのバーで、大人の社交場の雰囲気だ。正直、場違いな気がして受からないだろうと思ったけれど、犬明の予言どおり結果は

『採用』だった。

　オーナーは客層を広げるため、積極的に若いバイトも雇い入れているらしい。開店したばかりの店は、まだテーブル席に一組の客がいるだけで、ピアノの音もどこか気だるげだ。最初はホテルのラウンジのような空気に背筋の伸びていた春も、次第に慣れてきて、たまにはうっかり上の空になる。

　零したのは熱っぽい溜め息だった。

　多忙から解放された犬明とのデートの夜。濃密な時間は、思い返しただけで体の奥がじんわり熱くなる。

　犬明の寝室に場所を移してからの記憶は、途中から曖昧なくらいだ。前も後ろも果てがないほど可愛がられて、数えきれないほど射精した。

　メチャクチャに気持ちいいセックス。犬明も仕事が忙しくて溜まっていたのかもしれないけれど、ちょっと怖い。

　――あんなセックスされたら、もう昇さんのことしか考えられなくなる。

　また、すぐ欲しくなる。

　日々が当たり前になるほどに、元の自分がどんどん遠退《とおの》く。端的に言うと、『幸せすぎて怖い』ってやつだ。あまりに贅沢《ぜいたく》な悩みながら、今まで恋には不遇だっただけに疑い深くもなる。

「おい、新入り」

声をかけられ、春はびくりとなった。

広いバーカウンター内で不意に話しかけてきたのは、仕込みにフルーツをカットしているバーテンダーの木田《きだ》だ。

黒いベスト付きの春のウェイター服と大差ない格好ながら、びしりと締めたシルバーのネクタイが様になっている。

席数が六十ほどある店で、バーテンダーの数は少なくない。中でも、少し年上の木田は気さくな性格でよく話しかけてきた。

「いい度胸だな。新入りのくせに、もうボケッとしてるなんて」

「す、すみませ……」

詫びようとすると、本気の叱咤《しった》ではないらしい男はニヤと笑った。

「デートのことでも考えてたのか?」

「えっ、でっ、デート?」

「あれ、正解? 案外判りやすいな。スカした顔の奴《やつ》が入ってきたなぁと思ってたんだけど、そうでもなかった?」

カマをかけられ、思いっきり動揺した春はからかわれる。

デートどころの思い返しではない。色惚け具合に顔まで火照りを覚えていると、木田はフロアを戻ってきた女子バイトに声をかけた。

「マイちゃん、俺の勝ちね。彼女いるって」

ロングヘアをキリッと一つ結びにした彼女は、テーブル客のオーダーを通してから、声を潜めつつ応えた。

「木田さん、なに言ってるんです。高槻《たかつき》くんなら彼女いそうって言ったの、私のほうですよ」

「ん？　そうだっけ？　まぁいいよ、どっちでも」

「よくないです。勝ったらデザート奢《おご》りって話だったでしょ」

いつの間にか賭けのネタにされていたらしい。ハハッと笑い飛ばす木田は、背後のキャビネットからボトルを取り出しつつ、矛先を春へと向けた。

「で、どんな彼女？」

話を逸らそうとしてか、なかなかの直球ながら、『彼女』ではないので答えようもない。

「どんなって……普通です」

「『普通』なんて返事のうちに入らないよ。付き合って何ヶ月？　年は？　スリーサイズは？　数字でお願い」

「木田さん、オヤジっぽい。パワハラセクハラで訴えられますよ」

『マイちゃん』こと水村《みずむら》茉衣《まい》が突っ込んだ。

木田の言葉は軽い。応える必要もないだろうけれど、学生の頃はただ煩わしく、誤魔化すので精いっぱいだった会話が不思議と新鮮に感じられた。

なんだかんだ言いつつ、浮かれてもいる。

「一ヶ月くらいです。たしか三十一歳で……スリーサイズは知りません。知ってても答えませんけど」

「三十一⁉　随分年上じゃない？」

相手が女性ならそういうことになるのか。性別によって適齢が振り分けられるのもおかしな話だと思いつつ、春は数字を口にした。

「百です」

「え？」

「その人に点数つけるとしたら、百点だなって思って……あ、二百点かも」

一瞬の沈黙が返った。

「ちょっと……マイちゃん、俺こんなに人に全力で惚気《のろけ》られたの初めて」

「私もです」

初めて意見が合ったとでもいうように、彼女も意気投合する。

「あ……すみません、そういうつもりじゃなくて」

「ほかにどういうつもりがあんだよ。べつにいいけどね。俺は人の幸せを喜んでやれないような小さい男じゃありませんから」

「……小さい」

「マイちゃん、今なんて？」

二人のやり取りに、春はつい笑いが零れた。

ゲイバー『ドロップス』とは、まるで違う空気。いつもどこかギスギスとしていて、しまいには怪しげな薬を盛られるような店と同じであるはずもないけれど、これが『和気あいあい』というやつなのか。

「店に来たら紹介してくれよ？　惚気をキャッチしてやったんだから」

「えっ、それはっ……ちょっと。たぶんここへは来ないですし」

春はまたあからさまに動揺してしまった。

「なに、もしかして警戒されてる？　二百点だからって、バイトの彼女に手を出すほど俺は不自由してねぇっての」

「警戒なんてそんな」

「じゃあ、二百点の真偽を確認されるのが怖いとか？　大きく出たもんだな……」

軽口を叩きながらも、注文のカクテルを準備する手は止めずにいた男は、不意にお喋《しゃべ》りもやめて姿勢を正した。

「いらっしゃいませ」

低めの良い声に微笑みを添えて出迎えたのは、入口から入ってきた新規の客だ。

背の高い男性客の姿を目にした春は、判りやすく「あっ」となる。カウンターの外で一つ結びを揺らした水村が、春を振り仰いだ。

「高槻くん？　知り合い？」

「あ、えっと……まぁ」

知り合いですませるには身近すぎる、今は誰より一緒にいる時間の長い男。

たった今、話のネタにされ、急浮上していた年上の恋人だ。

突然の犬明の来店に狼狽《うろた》えつつも、ほかの誰かに接客を任せるわけにはいかないと、春は急ぎ足で向かった。

「い、いらっしゃいませ」

ピアノの演奏を堪能するのに適した席へと、セオリーどおりに案内する。シングル客は生演奏を楽しみに来ている客が少なくない。

犬明がそうとはとても思えないけれど。

「先生、どうして？　今日は打ち合わせだったんじゃ……」

メニューを手渡しながら焦って問うと、席につく男は笑んだ。

「終わって帰るところだよ。せっかくだから、春の店で一杯飲ませてもらおうと思ってね。僕も好きそうな店だって言ってただろう？」

犬明の視線は、中央付近のグランドピアノへ向かう。スポットライトを浴びた女性ピアニストは、優雅な空気を醸し出すのが仕事のように、ダークネービーのドレス姿で演奏している。

「グノシエンヌか、珍しいね」

「ぐの……曲のこと？」

「サティの有名な曲だよ。映画音楽なんかにはよく使われるけど、レストランやバーで聴くのは珍しいなって」

言われてみれば、ゆったりとしたテンポの曲ではあるけれど、ロマンティックというよりミステリアスだ。不安すら掻《か》き立てられるメロディながら、底知れない神秘性を感じさせる。

「先生、ピアノにも詳しいんだ」

「一部の曲だけだよ。好きなものは自然と覚える。君だってそうだろう？」

春が熱心に覚えていることと言ったら、犬明に関することくらいだ。そうと知っていて言われたわけではなくとも、見透かされているみたいで視線が泳ぐ。

春の戸惑いを、犬明は別の理由と勘違いしたようだ。

「心配しなくても一杯だけで帰るよ。君の仕事の妨げになるつもりはないから」

「妨げなんて、そんな」

「でも、なんだかすごく見られてるけど？」

「え……」

カウンターを振り返り見ると、先程の二人がこちらを明らかに気にしているのが判った。

三十一歳、年上の親しげな客。まさかそれだけで性別のフィルターも素通りして、恋人と感づかれてしまったのか。

「なんにするかな……ウイスキーをもらおうかな」

メニューを開き見る男を見下ろし、春はハッとなった。

犬明昇は、パッと人目を引くほどルックスもいい。

三十一歳、年上の親しげな客、そして二百点。男女問わず、そうそういるはずのない高得点。

容姿につけた点数ではない。春にとっては犬明のすべてが好ましく、仕事ぶりも懐の深さに至っては尊敬の域ですらあるからだけれど――

「グレングラントをロックで……春?」

「あ、はっ、はい、グレンリベット」

「グレングラントのほうだよ、シングルね。あと、スモークドチーズを」

にこりと微笑む男に、ぎこちない笑みを返して春はカウンターへと戻った。

木田にオーダーを告げ、無意識に目を合わせるのを避けつつカウンター内に戻るも、手持ち無沙汰な水村はじっと自分を見つめていた。

「高槻くん、あの人二百点……」

「違うよ」

思わず即答してしまった。

「……え、なんのこと?」

彼女の不思議そうな反応に、春も「えっ」となる。てっきり勘ぐられたのかと思いきや、バイトに入って初めて見る輝きを彼女は眸《みなぎ》に漲らせていた。

「……素敵」

「す、すてき?」

「だって、あの人こそ二百点じゃない? 高槻くん、男だから判らないの? 私、すごく好み」

思いがけない方向から攻め寄られ、驚きのあまり固まる春は、そのままフロアスタンドでも回転させるような調子で棒立ちの身をくるりとさせた。

ウッドテーブルに軽く片肘をつき、うっとりとピアノの演奏に耳を傾ける男を視界に収める。スーツではないけれど、体に沿う仕立てのいいジャケットにパンツ姿の犬明は、いつ何時もハンサムだ。甘さも滲む横顔。昼間マンションの部屋を出て行ったときと変わらぬ服装ながら、エレガンスなバーの空間は纏う空気を一層引き立てる。

「あ……そっちか、なるほど」

春は腑《ふ》に落ちざるを得なかった。

犬明は予告どおりウイスキーのシングル一杯分の時間で帰って行った。

十五分ほどで、バーを堪能《たんのう》しに来たとは思えない。やはりバイト先がどんな店か気になって来たのだろう。

怪しいゲイバー勤めを隠していた前歴があるだけに、疑われ……いや、心配されるのも無理はなかった。

不満があるのは春よりも、どうやら女子バイトの水村のほうだ。

「一瞬で帰っちゃうんだもん」

深夜、仕事を終えて帰る彼女は、階段を先に降りながら溜め息を零した。バーはビルの二階にある。

一言の会話も交わせずじまいなのが残念でならないらしい。

恐るべし二百点の威力だ。著名な小説家先生であるのはまったく気がついていないようで、まして今後ろを歩いている同僚の男の恋人などとは疑っていない。

──助かった。

ホッとする一方で、複雑な思いも芽生える。

「お店、気に入らなかったのかな。ねぇ、また来るって言ったりしてなかった?」

「忙しい人だから……」

「今度もしまたお店に来たら、私に接客させてくれる?」

よほど犬明がタイプなのか。チラと背後を窺いながらの彼女のなりふり構わずのお願いを、春はハハッと乾いた笑いで誤魔化すくらいしかできない。

異性のカップルなら当たり前に気遣われ、『手など出さない』と念押しされていたものが、恋人と打ち明けることとさえ困難だ。

「ねぇ、そういえばあの人と高槻くんの関係って……」

ふと思い当たったように水村は口を開くも、言葉は途切れた。

一階に辿り着き、ポーチの数段を降りて歩道に出た彼女は、ガードパイプに腰を掛けてひらりと片手を上げた男に目を留める。

「高槻くん、知り合い？」

「え？　まさか……」

そんなに次々と現れるほど知り合いはいないし、そもそも店を教えているのは犬明だけだ。

否定しかけてハッとなる。

「ハルっ！」

立ち上がる男は、ブラックのビッグTシャツにスタッズ入りのパンツと、二つ年上には見えない軽薄ななりで目立った。深夜営業の多い繁華街ながら、夜も更けて歩道の人通りも少ない。

「やっぱり知り合いなんでしょ？」

するっと逃げるように歩き過ぎようとした春は、水村の怪しむ声に足を止めた。

逃避しかけた現実を直視する。

「じゃあ、私先行くね」

すぐそこの地下鉄の入口に向け、彼女はバッグを肩に掛けなおしながら歩き去っていった。犬明とは打って変わり、僅かな興味も湧かないらしい。

「……タケル」

春にとっては、久しぶりに見る元同僚だった。今もドロップスでボーイをやっているはずの剛琉《たける》は、ぎこちなく向かい合った春との距離を一息に詰めてくる。

「ハルっち、シカトなんて酷いじゃないの。待ってたのに～！」

「ごめん、まさかと思って。ていうか、待ってたって……」

「探してたんだって！　おまえ、忙しいってラインも止まったまんま全然だし」

「ご、ごめん、ちょっとバタバタしてて……それでどうして店が判ったんだ？」

教えた覚えがないというか、意図的に店名は告げようとしなかった。

「バーで働き始めたって言ってたじゃん？　ゲイバーかって訊いたら、ピアノバーだって。ピアノの演奏やってるバーなんてそんなにないし、ドロップスからそう遠くないようなことも言ってたからさぁ」

春の驚きに、剛琉はへへッと得意気な顔になる。

店を辞めてから、ただの友達にでもなったかのように届くようになったライン。無邪気な雑談を無視できず、時々返事をしていた。

『今、なにやってんの？』と度々訊かれ、犬明のアシスタントとは答えられず、バーのバイトはちょうどよくてつい詳しく話してしまった。

剛琉が嫌いなわけではない。ドロップスでは唯一話しやすかった男で、同期のような気安さもあった。

ただ、今は店に関わる人間とは距離を置きたいだけだ。

「ビンゴ！　すごいだろ？」

「う、うん」

「人間、切羽詰まればなんでもできちゃうもんだな！」

「え、タケルなにかあったのか？」

両手を取られ、ギュッと握り込まれた。

「ハルっ、ゲイ仲間と見込んで頼みがあるっ！　おまえ、ネコに興味はないかっ？」

「ちょっと、そんな大きな声で……」

スーツ姿の通りすがりの中年男性が、ギョッとした目を向けて行く。

「興味あるのか？　ないのか？」

「興味って、俺タチはできないし……えっ、俺にどっかでネコ役やれってこと？　嫌だよ、そういうのはもう……自分でやればいいだろう、ばっ、バリネコなんだから」

「……はっ？　なに言ってんの」

まさか剛琉に軽蔑の眼差しで見られる日が来るとは思わなかった。

「そっちのネコじゃないから！　子猫拾っちゃってさ」

「子猫って……」

「ハニーな子猫ちゃんじゃなくて、ニャアって鳴くほうだよ。店のゴミ置き場にいてさ、最初は誰かのゲロかと思って『うわぁっ』ってなったんだけど」

どんな見間違いだと思うも、剛琉は放っておけずに事務所に連れ帰ったらしい。

「へぇ、優しいところあるんだ」

「はぁ、ゲロのほうが楽だったわ。弱ってて大人しいからバレないだろうと思ってたのに、世話してたらみるみる元気になっちゃって、鳴くわ騒ぐわであっという間に店長に見つかって『早く捨ててきなさい！』って」

動物嫌いの親に見つかった子供のようなことを、しょげ返った男は言う。

「ハル、預かってくれない？」

いきなり本題に戻った。

「む、無理だよ」

「飼える奴、見つかるまででいいから！」

「俺も今、飼えるようなとこに住んでないし……」

「『先生』、動物好きなんじゃないの？　ほら、前に犬飼ってるって言ってただろ？　ゴールデンレトリバーだっけ？」

極自然に犬明の話題を持ち出され、不意打ちに春は言葉を失《な》くした。

「まだ一緒に暮らしてるんだろ、小説家の先生？　こないだカッコよかったねぇ。こう、『ハル、迎えに来たぞ！』って、悪代官からヒロインを救う王子って感じ？　あれは落ちるね」

時代も場所も、無秩序すぎる背景。自らの身を抱くように両腕を回し、ぶるっと身震いする男は、通行人の冷ややかな視線を再び浴びるも気にした様子はない。

「なんで……」

「ああ、犬明昇先生だっけ？　どっかで見た顔だなって思ってたんだけど、こないだテレビで見かけてびっくりしたわ。ほら、新作が映画化するとかって」

いつの間にか犬明が小説家であることまで知られている。

他人の空似なんて躱《かわ》しようもない。

「ハル、頼む！　おまえくらいしか、頼める相手がいないんだ。みんな飼えるようなとこ住んでなくって」

「じ、自分で飼うってのは？」

「ムリ」

「なんで？　やっぱりペット不可物件とか……」

「引っ越したばっかりなんだ。その……新しい彼氏んとこ、一緒に住み始めたばっかりで。動物苦手みたいだし、猫飼いたいとか言えねぇよ。やっと付き合ってもらえることになったんだもん」

らしくもない口ぶりからは叶わぬ恋の匂いがする。肉食系で絶えず恋愛しているような男だけれど、片思いをしていたとは知らなかった。

「なっ、頼む。おまえの先生に訊いてみるだけでも！　彼氏、動物好きなんだろ？　預かってくれたら、俺も飼ってくれる奴を探すのに集中できるし。里親探しっての？」

「なっ？」と力強く顔を覗き込まれても、気軽に頷けるはずもない。

春は斜め掛けにしたボディバッグを探った。スマートフォンを取り出すと、剛琉はつぶらな眸をパッと見開かせた。

「ハル！」

「とりあえず訊いてみるだけだから」

感謝よりも、春には大事なことがあった。

「タケル、変な勘違いするなよ」

「え？」

「俺と先生は、べつに付き合うとかそういう関係じゃないから。居候は続けさせてもらってるけど、俺がフラフラと住所不定だったから心配してくれただけで……仕事のアシスタントもさせてもらってるから」

念押しするように春は言った。

「今のあの人は、俺の雇用主兼……そう、保護者みたいなものだよ」

ダンボール箱をキャリーケース代わりにして渡された猫は、タクシーで犬明のマンションまで運んだ。

広々とした白い天然石の玄関ホールの真ん中に、ちょこんと置いた某密林っぽい通販会社の箱は、ミカン箱でなくともシュールだ。

「言ってくれれば迎えに行ったのに」

出迎えた犬明は、春がそっと上蓋を開くのを覗き込む。

「いいよそんな、これ以上昇さんに迷惑かけられないよ。それより、本当によかったの？」

「飼い主が決まるまでだろう？　まぁ、僕より気になるのは、ほかの家族の反応だけど……」

ひょこっとダンボールから飛び出した白い片足に、犬明は目を奪われる。

ふわっとした毛並みの前足だ。続いて両耳、ライムグリーンの目をしたやや平べったい顔、洋猫の血が入っているのか、全体的にふわふわもこもことした子猫だった。

「白猫か、可愛いな」

「白猫じゃないよ、おしりにブチがある」

している。

薄墨で塗ったみたいなグレーの一つブチ。好奇心旺盛な猫のようで、外界を覗こうと伸びを

「へぇ、生後一ヶ月くらいかな？　猫の世話は初めて」

自然と顔を綻ばせる男がしゃがんで触れようとすると、背後で軽いカチャリとした音が響いた。注視する間もなく、引きドアを鼻先で抉じ開けた大きな犬が飛び出してくる。

「ベスっ！」

「しまった、閉めたつもりで……」

主人も同居人も無視して、子猫へまっしぐらの勢いだ。

「ベスっ、こらっ、まだダメだってっ！」

『ほかの家族』ことベスは、様子を窺いつつご対面のはずが、本人の意向により手順をすっ飛ばされる。

ダンボールの周囲をぐるぐる回ったかと思うと、上体だけを伏せて尻を掲げた。ふさふさの茶色いしっぽを振りまくり、「わふっ！」と一声。

鋭い吠え声ではなかった。いつもの輝く瞳で警戒心を見せない犬は、待ちきれないとばかりに子猫の匂いを嗅いだ。

「あっ、ベスっ！」

存在を確かめ、大きな舌で顔を一舐め。小さなぬいぐるみに変わったかのように身じろぎも

しないでいる猫の毛づくろいを始めた。

「……だ、大丈夫っぽい？」

「ベスは雌だからね」

背後の返事に、犬明を振り仰ぐ。

「それ関係あるの？」

「判らないけど、母性本能を擽られたのかも。猫が緊張するから、まだ離しておいたほうがいいと思うけど……」

主人が引き離そうとしたところ、春のスマホが短く鳴った。

斜め掛けにしたままのバッグから取り出す。

「ライン、タケルからだ」

「猫の人？」

画面を見ながら『うん』と頷いた。

「春、あの店で親しい人なんていたんだな」

「親しいってほどじゃないけど、店を辞めてからラインするようになって……」

「それを親しいって言うんだろう」

犬明の声は不自然に重く感じられた。

店を辞めてそれきりのはずだった。会う予定はなく、ただメッセージが来たから返信をした。

　突然、剛琉が現れたりしなければ、それだけのはずで。

「本当に店で一緒だったってだけで……あ、ごめんっ、友達でもないのに猫を預かるなんて」

「猫は関係ないよ。いい飼い主が見つかるなら、僕も協力したいし。ベスも歓迎みたいだしね」

　だったらどうしたのだろう。本音がどこかへ隠されてしまった気がして、引っかかりを覚えつつも再びスマホが鳴る。

「あ、名前きた」

　一緒に暮らすからには、動物といえど名前は大事だ。犬明も隣から覗き込んでくる。

『名前言い忘れてたぁ〜リーちゃんね♥』

　いつもスタンプからして女子のような剛琉のライン。文にももれなくハートやリボンの絵文字が躍り、今夜は猫まで並んでいた。

「リーちゃん……ていうか、猫を預けた人って女子？　今、同じ店で働いてたって……」

「タケルは男だよ。こういうキャラなだけで」

「ああ……なるほど」

　犬明はどう納得したのか、それ以上は突っ込んでは来なかった。女装系男子と思い込んだのかもしれないけれど、中身は乙女と大差ない。

　追伸が届く。

『あ、リバースのリーちゃんね。可愛いだろっ♥』

ゴミ置き場でアレと見間違えたとは言っていたけれど、どういうネーミングセンスだ。そのものずばり、事象をマイルドに言い換えただけで呆れるしかない。

「なんて?」

言葉を大事にする作家先生には見せられないと、思わず画面を背けた。

「な、なんでもないよ。リーをよろしくって」

微妙な誤魔化しに、ベスだけがしっぽを左右に振って反応した。

同居人一人と犬一匹、子猫一匹。

数ヶ月前まで一人暮らしだった小説家先生のマンションは、急に賑やかになった。

リーが小さな体で何匹分もの存在感を放っているのもある。日に日に慣れて猫らしいマイペースぶりを発揮し、元気とヤンチャは限りなく同意語なのを体現中だ。

初対面の緊張はどこへやらで、子猫は犬を恐れるどころか、ベスのお気に入りのクッションの真ん中でも堂々のお昼寝。気の優しいゴールデンレトリバーを助けるべく、人間が出動して移動させるのが日課になった。

しかし気がつくと、ベスのほうも猫用クッションの隅に顎だけ乗せたポーズで、新入りを見つめていたりする。世話を焼くような仕草も見せ、子猫に入れ込んでいるのは間違いない。

増えた家族は順調に馴染む一方、今現在どうやっても取り巻く環境に慣れずにいるのは春だった。

「街頭インタビューのＶＴＲの後、スペシャルゲストの紹介に移りますので、先生お願いします。こちらからです！」

きびきびとした口調の飾り気のない女性が犬明に説明しているのは、テレビ局のスタジオだった。

よく通る声はセットの外で見守る春まで届く。ＡＤの彼女が代役をこなしたカメラリハーサルは終わったばかりで、スタジオは無数のスタッフと出演者でざわついている。

プロフェッショナルな仕事ぶりのテレビマンに、よく知る顔の芸能人たち。場違いな春は、邪魔にならない場所を探して置物のように突っ立っていた。

「先生はこのバミリのところで止まってください」

「了解です。街頭インタビューって、ゲストの印象を訊くあれだよね？　なに言われてるか心配だなぁ」

「確認が必要ですか？」

女性は慌てた様子で腕時計を見る。時間が迫っているのだろう。

「いやいや、大丈夫。ごめんねドキッとさせて。お手柔らかだといいなって思っただけだよ。

小心なんでね」

犬明はおどけて笑い、ADの女性を和ませるように言う。

「そんなっ、先生のファンの方が多くて、好印象のコメントばかりです」

緊張の解れた彼女は、自身がファンにでもなったかのような満面の笑みで答えた。

天然のタラシとも言われかねない愛想の良さだ。結構な八方美人ながら、犬明が敵を生まないのは、年齢性別不問で万人に博愛ぶりを発動するからだろう。

「先生、バミリってなんですか？」

春は戻った男に問う。

「立ち位置の印のことだよ。床に貼ってある」

「あ……なるほど」

遠目にはセットの床になにか貼ってあるようには見えないけれど、出演者には判るようだ。

業界用語くらい予習してくればよかった。

これではただの無知な見学者だ。

「春、ここでじっとしてるのはしんどくないか？　控室にいてくれていいのに」

「仕事で来たんだし、なにか役に立てそうなら言ってくれれば……」

「そうだ、司会の外村《そとむら》さん好きだって言ってたろう？　後で春にも紹介するよ」

身の回りのサポートをするどころか、思いがけないサービスを提供されて戸惑う。

もしかして、最初からそのつもりで今日は声をかけられたのか。

「春？　違ってた？」

「いや、そうじゃなくて……」

仕事中であることに拘ったところで、付き人としても力不足の自分になにができるというわけでもない。

――でも。

「犬明先生！」

背後から響いた声に、会話は中断した。

犬明よりいくらか年上に見える、紺色のスーツ姿の男だ。

「谷口《たにぐち》さん、来てくれたんですか」

「当然ですよ。先生のエージェントですから。この番組を推したのも僕ですしね、責任ありますす」

新たな作品の映画化が決まり、にわかにメディアの出演依頼も増えた。仕事選びから契約交渉、大まかなスケジュール管理などを犬明は以前からエージェント会社に任せている。

執筆作業までサポートするような存在ではないとはいえ、すでにマネージャーがついているようなものだ。

春も時折事務的なやり取りをしている。

犬明がスタッフに呼ばれて再びその場を離れると、挨拶をした。

「谷口さん、お疲れさまです」

「ああ、久しぶりかな」

「今日、谷口さんが来られるとは知りませんでした」

人当たりのいい男ながら、春はいつも気後れする。

「どうにも気になってしょうがなくてね。よかった、先生がお元気そうで」

「えっ、なにかあったんですか？　体調が悪そうな感じは特に……」

「僕の思い過ごしだったみたいだね。こないだ、ミヒロさんの誕生日パーティに行かれなかったから」

犬明の作品が原作のドラマに出演していた女優の名だ。プライベートでも交流があるとは知らなかった。

「それって……参加しないと立場上まずいとかあるんですか？」

「いやいや、なにもないよ。ただ、先生は断らない人だから意外でね。特に祝い事は、どんなに忙しいときでもかけつけていたくらいなのに……今回は花の手配だけ頼まれて」

よほど気を揉んでいたのか、谷口は溜め息を零した。

春は花を贈ったことさえも知らなかった。

「急にアシスタントを必要としたのも、実は気になっててね。これまでそんな相談は一度もなかったし、言ってくれればこっちで探して……ああ、もちろん今は高槻くんがいてくれるからいいんだけどね」

慌てて打ち消す男に、春は笑って「いえ」と流した。アシスタントの存在に驚かれるのは、これが初めてでもない。

さすがに病気の心配までされたのは初めてだけれど、変に関係を疑われるよりはずっとマシなのか。

ただぼうっと突っ立っているだけでは、余計な思考が膨らむ。会話も途切れ、セットの周囲の慌ただしく動く人たちを見つめていると、あちらかこちらのどちらかが非現実のような気さえしてきた。

触れられない繋がらない、余所《よそ》の世界に存在するかのようだ。

「春」

呼ばれても、なにかフィルターがかかったようになり、春は鈍く我に返った。

「あっ、はい」

いつの間にか、谷口と入れ替わりで犬明が戻っていた。

「春、この後予定はある？　今日はバイトは入ってなかったはずだけど」

「はい、なにか仕事があるなら……」

『ぜひ』と思わず目を輝かせたところ、耳元へ顔を寄せた男はどことなく弾む声で言った。

「帰りに食事はどう？　外村さんが今誘ってくれてね。君の話をしたら、一緒にどうぞって」

「え……でも、アシスタントだって話したんですよね？」

「それはまぁ一応」

犬明は不思議そうな顔になる。自分を喜ばせようと誘ってくれたのだろう。

気持ちが嬉しくないわけはない。けれど、大物とも言われる司会者との食事に、ただのアシスタントも加わるなんて不自然だ。

軽く受け入れられたような口ぶりも、犬明がどう思われただろうと考えると、心穏やかではいられなかった。

「春？」

「先生、ごめんなさい。せっかくだけど……ベスの散歩もあるし、早く帰るつもりでフードもセットして出なかったから」

言い訳としては自然だった。『ベス』の二文字を出せば犬明は大抵の要求には応じるし、納得もする。

努めて笑顔で言った。

「せっかくだからサインはもらってきてほしいな」

「ベス、早いな！　最高のキャッチだったぞっ！」

抜けるような青い空に、深く高く弧を描いたボールは、会心のジャンプを見せた犬にパクリとキャッチされた。

いつもの散歩コースで、公園のドッグランを駆け戻るベスは一目散だ。『偉いな！』『すごいな！』と春が褒め称《たた》えれば、いつなんどきでも全身全霊で喜んでくれる。

なにしろ愛おしさは本物ゆえ、以心伝心。ベスとは休まず今日もウィンウィンな関係で、犬明のアシスタントとしての存在意義を日々己に問う春も、この瞬間は自信を取り戻せる。

「ベスのアシストが一番活躍できてるかもな、俺」

しゃがんで目線を合わせれば、同意するように笑顔でしっぽを大きく振られてしまい、苦笑いが零れた。

嬉しいけれど、受け入れがたくもある事実だ。

「もう一回、いくか？」

「ワンっ！」

返事は明快、勢いつけてボールを投げる。キャッチで戻り、褒めてはまた投げて。ベスからは一瞬たりとももう目を離すことはない。

ベスが今日も傍にいる。

リードをつけて帰路につく春は、キラキラに輝く毛並みのゴールデンレトリバーの背中を見つめ、当たり前の幸せを噛み締めつつ歩いた。

「ベス！」

マンションの近くまで辿り着いたところで、背後から呼び止められた。

振り返ると、ベスと同じく眩いばかりに輝く毛並み……いや、髪色をしたスーツの男がいた。日に透ける明るい髪の色もさることながら、すらりとした頭身のバランスが日本人離れしている。国籍から疑われたとは知るはずもない男がこちらに近づくまでもなく、ベスのほうからぐいぐいと勢いつけてリードを引っ張った。

「ちょっと、ベスっ！」

押し倒さんばかりの勢いだ。男は圧《の》しかかる大きな犬を「久しぶりだなぁ！」と笑顔で受け止める。意思疎通の取れた一人と一匹は再会を喜び合うも、春はポカンとなった。

「あっ、すみませんっ。もしかして、犬明先生のアシスタントさんですか？　神楽坂《かぐらざか》出版の晶《あき》川《がわ》といいます」

顔見知りの近隣の住人かと思えば編集者だ。神楽坂出版の文芸誌『モザイク』には犬明が定期的に寄稿しており、単行本も多数発行されているのでもちろん知っている。にわかアシスタントの存在を、犬明は伝えていたらしい。

道端で名刺を受け取る。

晶川夕麻《ゆうま》。ハッとなるほど目を引く容姿の男は、名前まで美しい。

編集者は服装の自由度の高いイメージながら、男は拘りでもあるのかライトグレーのきっちりとしたスーツ姿だ。対する春はTシャツにジーンズの散歩服、片手に犬のトイレの始末の袋つき。

なかなかにシュールな組み合わせで、ベスを間に自己紹介を始め、春はハッとなった。

「今日、お約束でしたか？　先生は仕事で不在なんです」

「いえ、僕が勝手に来ただけです。先生が前に探してるって言ってらした本を譲ってもらえたので」

晶川はすっきりとしたビジネスバッグ風のデザインのリュックを下ろし、大判の鉄道本を取り出した。国内のみならず、世界の鉄道の内装に着目したグラビア雑誌だ。

「これっ、創刊してすぐ廃刊になったっていう……神保町《じんぼうちょう》の古本屋回っても見つからないような本ですよ？」

「ご存じでしたか。詳しいですね」

「あ……まぁ」

「ここの出版社にツテのある知り合いがいて、話したら手に入れてくれたんです。送ろうと思ったんですけど、今日ちょうど近くで打ち合わせの予定もあったのでついでに」

そのまま手渡そうとする男を、春は慌てて止めた。

「ここではなんなので、よかったら寄って行ってください」

「でも急にご迷惑では……先生もいらっしゃらないときに」

「ベスも喜びますから」

大きくしっぽを振って歓迎の意を示したベスを先頭に歩き出した。マンションまでは、ものの数分の距離だ。

とはいえ、留守中に誰かを迎えるのは初めてではある。念のため犬明に連絡を取ると、『好きにしていいよ。晶川くんか、会えなくて残念だと伝えておいてくれ』とさらっとスマホにメッセージが返った。

帰り着いた部屋でリビングに招き入れ、春はキッチンでコーヒーを淹れた。二人分のカップをトレーに並べて戻ると、テーブルのコーナーを挟んでソファに座る。

「ありがとうございます。なんだかすみません、気を遣っていただいて……相変わらずすごいお部屋ですね。ホテルみたいだ。都会的ってこういう雰囲気を言うのかな」

壁のアートのほうを振り仰ぎながら、乳白色のカップを手にした男は言う。

「晶川さんは、ここへはよく来られてるんですか？」

「いや、僕は一度だけで……犬明先生の正式な担当でもありませんし。副担当ですかね」

「はぁ……」

犬明ほどの作家ともなると、担当編集者が何人もぞろぞろといるのかと思いきや、正規の担当に体調不安がありサポートに晶川がいるのだと言う。

「ベスとは、奥鬼怒《おくきぬ》の執筆旅行に同行してから仲良くなったんです。僕はベスの散歩をしたりご飯を上げたり……ああ、ボール投げの相手もね」

コーヒーを淹れる間もひとしきり構ってもらったベスは、今は落ち着いてソファの傍らの定位置にいる。『ボール』のワードにピクリと耳を動かし、頭を擡《もた》げた。

「違うよ」とコーヒーカップを見せて笑う晶川の表情は優しい。

「どうりでベスと仲が良いんですね」

「ははっ、ベスはみんなと仲良くしてくれますけどね。ところで、先生の手の調子はどうですか？　順調にギプスが外せたとはメールで伺いましたけど、直接お会いする機会はなかったので気になって」

「あっ、もう大丈夫みたいです。今言われるまで、忘れていたくらいで」

「よかった。僕も責任を感じてたので、ホッとしました」

男の反応に、春は怪訝《けげん》な顔になる。

「責任って……そういえばケガは奥鬼怒で……でも、先生はたしか自分で足を滑らせて手をついたせいだって」

「それは……そうなんですけど……すみません、原因は僕にもあるんです」

「もしかして、晶川さんを庇《かば》ってケガをしたとかだったんですか？」

「いや、そういうわけじゃ……あー、でも広い意味ではその見方も……」

急に煮え切らない返事へと変わる。クリアなよく通る声で話していた晶川は、途端に動揺も露わに口ごもった。

なにか言いづらい状況だったのか。

「とにかく、すみません。先生が全快なさって本当によかったです！」

「……はい」

押し切られ、春は頷かされた。

取り繕う男はカップのコーヒーを一口二口と飲み、話題を変える。

「高槻さんは小説家志望なんですか？」

「えっ……違います。僕が小説なんてとんでもないっ、どうしてですか？」

「犬明先生にアシスタントさんがいるのは、なんだか不思議な感じがして」

『また』と思わざるを得ない。

意気消沈。地の底に沈むみたいに、判りやすく自分の気持ちが急降下するのを春は感じた。

「ああ……そうですよね。判ります」

「普段、原稿の遅れもない先生ですからね。こちらも感謝してもしきれないほど助かってます。きっとスケジュール管理も完璧になさってるんでしょう」

「仕事の割り振りは、エージェントも管理してくれていますから。最近は特に、小説以外の仕事も増えているんで……僕は正直なところ、役立たずで」

「え？」

「アシスタントといっても、まともに役立ってるのはベスの散歩くらいですかね」

眠たげに床に伏せていたベスが、『散歩』のワードにまた頭を起こし、春は「あっ」となる。

「すみませんっ、変なことを言ってしまって」

初対面の、しかも編集者になにを言い出すのか。鬱屈が過ぎて、自分の無能ぶりまで喋ってしまった。

春は狼狽え、晶川は首を横に振った。

「すみません、僕の言い方が悪かったですね」

「え……」

「不思議な感じがするというだけで、僕は必要ないとは思っていませんよ？　犬明先生は確かにお一人でも大丈夫そうに見えますけど……表に出さない分、陰のご苦労もあると思います」

これまで耳にすることもなかった言葉。フォローしてくれたのだと判っていても、晶川の言葉は意外なほど自然に響いた。

「あ、ありがとうございます」

「お礼を言うのは僕のほうですよ。犬明先生にはすぐにまた執筆していただくことになってますから、高槻さんのお世話にもなります。あとコーヒーも、ありがとうございます」

「あ……いえっ、どうぞゆっくり飲んでください。どうぞどうぞ」

両手を差し出すジェスチャーまで春は添えた。照れ隠しの笑いが零れる。どうやら晶川は、そぐわない見た目に反して編集者らしい気の回る男のようだ。

話は弾んだ。神楽坂出版での犬明の功績や仕事ぶりについても聞くことができ、有意義な時間だった。

帰り際、「ごちそうさまでした」と立ち上がった晶川は、ふと思い当たったように言った。

「そういえば……先生がケガで不自由な間、身の回りの世話をしていたのも高槻さんですか？」

「あ……はい、そうです。頼まれたというより、僕が押しかけたんですけど」

「……なるほど」

なにを思ったのか、まじまじと春の顔を正面から見つめ返し、晶川は小さく頷いた。

「やっぱり先生には必要な方だと思います。じゃあ、僕はこれで」

玄関へと向かう。ベスも見送りに加わり、先導するのかと思いきや、後ろを振り返りつつ急に廊下の途中で左に曲がった。

「ベス？」

「あっ、そっちは……」

シューズルームの脇から続く廊下の先は、寝室や書斎などだ。二つあるベッドルームのうちの一つ、春の部屋の前でベスはきちんとお座りし、扉を右前足で掻く仕草を見せた。

「ワンっ！」

手つきは優しいが『あけて』と一吠え。

「ベス？　そこがどうしたの？」

「僕の部屋です。今、ケージを置いていて」

「ケージ？」

べつに隠しているわけでもないので、「見ますか？」と晶川を促した。すっかり馴染んでヤンチャぶりを発揮している猫の『リー』は、ベスの散歩の間は春の部屋のケージに入れている。

新しい仲間を、ベスは晶川に紹介したかったのかもしれない。

犬明の用意してくれた二階建ての立派なケージにいる、ふわふわの愛くるしい生き物。来客を前にしたリーは借りてきた猫モードなのか、止まり木みたいなステップにちょこんと座り、小首を傾げて澄まし顔だ。

「……猫」

晶川の反応は鈍かった。

可愛い子猫に興奮するかと思いきや、ケージの前に突っ立ったままの男は身じろぎもしないでいる。

「晶川さん？」

呼びかけに振り返った。

「犬明先生、今猫を飼ってるんですか⁉」

「あ……はい、飼ってるというか、預かってるだけで……」

「原稿はっ⁉」

「はい？」

晶川の変貌ぶりに春はついていけず、ビクビクとなる。

「先生っ、原稿に遅れが出ているんじゃないですかっ？」

「い、いえ特には……どうしてです？」

「だってこれ、ねっ、猫じゃないですかっ？　しかも、子猫なんて……信じられない。もうダメです、次の『モザイク』の原稿も……いやでも、犬明先生ならあるいは……それにしたって猫……」

取り乱しようが尋常じゃない。頭を抱える仕草で、ついにはブツブツと何事か零し始めた男に春は呆然《ぼうぜん》となる。

足元でお座りしたベスも、『どうしたの？』と言いたげな眼差《まなざ》しだ。

「あ、晶川さん、落ち着いて……飼ってるわけじゃありませんから。この猫は里親探し中で、一時的に預かっているだけです」

「一時……そうなんですか？」

春の説得にようやく落ち着きを見せた晶川は、元のクールな表情を取り戻しつつも言った。

「でも、どうか充分に注意なさってくださいね。猫には違いありませんからね」

「はあ……」

まるで猛獣でも飼い始めたかのような忠告ぶりだった。


犬明《いぬあけ》の帰宅は、いつも玄関の扉が開く前から判《わか》る。『もしかして』と落ち着きなく部屋を端から端までうろつき、クウンと切なげに鳴き始めるベスがいるからだ。

『やっぱり！』と一目散に玄関に駆けつけて出迎える愛犬を受けとめながら、主人はキッチンの春《はる》のほうへと向かってきた。

「おかえりなさい、昇《のぼる》さん」

「春、ただいま。もう夕飯作ってくれてたんだ？　この匂いは……」

「今日はケイジャンチキンとレンズ豆の煮込みだよ。上手《うま》くスパイシーに仕上がってるといいんだけど」

さらっと言いつつも、献立にはいつも頭を悩ませている。元々料理のできる犬明は、春には無理しなくていいと言い、実際バイトの日は作っていないけれど、だからこそ『休みの日くらいは』と張りきった。

犬明のような多彩な食材遣いと多国籍な料理を意識すると、春にはどうしてもハードルが高い。『簡単』とレシピに書かれているメニューすら気が張る。

「へぇレンズ豆、なんかホッとするから好きなんだ」

覗《のぞ》き込んでくる距離が近くて擽《くすぐ》ったい。春は笑って身を竦《すく》ませ、犬明の手にした封筒に気がついた。

薄っぺらい封書以外に、大きなA4サイズを超える茶色い袋があった。

「ああ、郵便きてたよ。大きいのは君宛てだね」

「あ、うん、ありがとう。ごめん、ベスの散歩帰りにポスト見るの忘れてて……そこに置いといてくれる」

犬明はダイニングテーブルの端に郵便物を置き、ベスを従えてリビングに向かった。

遊び疲れたリーが、ソファ前のテーブルで顎を乗せて寝ている本を覗き込む。

「晶川《あきがわ》くん、これをわざわざ?」

「律儀な人だね。ベスとも遊んで行ってくれたよ。あーでも、猫は苦手みたいで、原稿が遅れるとかなんとか?」

「苦手ってことはないいんじゃないかな。猫がたくさんいる家に出入りしてるから……ああ、前に『猫を飼っている作家は原稿が遅い』とか言ってたっけ。彼のジンクスかな」

猫を前に様子のおかしくなった晶川を思い返す。ジンクスというより、あれはなにか危ない宗教の域だ。よほどのトラウマでもあるのか。

「そういえば……晶川さん、先生の執筆旅行に同行してベスと仲良くなったって」

「あのときはベスの世話をほとんど任せてしまってたからね……まぁ、いろいろと大変な旅だったよ」

手の怪我《けが》を思い出すのか、犬明は苦笑いだ。

春が思い出したのは別のことだった。

「晶川さんってさ、なんていうか……編集者っぽくない人だよね。すごいイケメン。男だけど、美形すぎて圧倒されるっていうか」

「そうだね、クォーターだそうだよ。あれは性別超えた目の保養かな」

自ら晶川を褒め称《たた》える言葉を引き出したくせして、春は犬明に言われるとももやりとしたものが胸に垂れ込める。

晶川のような男と四六時中一緒で、犬明はなにも感じなかったのだろうかなんて。仕事とはいえ、よほど気に入った相手だからこそ旅行にも同行させたのだろう。

――めんどくさい、俺。

こんなことをうじうじと気に病むのは、ゲイだからなのか。

晶川がうやむやにした怪我の理由。ああまで狼狽《うろた》えたのは、もしかすると大っぴらにはできないなにかがあったからかもしれないとまで想像してしまう。

二人の間で秘密にしたくなるようななにかが――

「昇さん、あの人と奥鬼怒《おくきぬ》で……」

言葉に詰まり、自分の言おうとしていることのおかしさに気がついた。

コンロの前で小さな鍋を見つめ、心ここにあらず。「なにか手伝おうか」と犬明が近づいてきたのにも気づいていなかった。

「春？」

「あ……ううん、なんでも。晶川さん、見た目だけじゃなくて、仕事もできそうな人だったなって」

晶川はほかの編集者と違っていた。春が犬明には必要だと言ってくれて、救いを感じたのも確かだ。

だからこそ、特別な人に思えた。

「そうだね、すごく優秀だよ」

犬明の笑みに、今度は胸の奥のどこら辺かが少しひやりとして、それから思いがけない言葉が耳に飛び込んできた。

「あの本屋敷《ほんやしき》くんから原稿を取れるくらいだからねぇ」

「え、本屋敷くん……って、まさか本屋敷平《たいら》？」

文芸誌『モザイク』の看板作家にして、誰もが知る人気作家だ。

何年も寡作に陥っていた。重病説が飛び出すほど書かなくなり、『モザイク』にも表紙に名前が載っていようと中身はナシ。どうやら原稿を落としまくっているらしく、ファンには『生きているうちに結末が読めれば』なんて言われるくらいだった。

それが去年、急に動き出した。順調な掲載であっという間に一冊に纏《まと》まり、久しぶりの単行本が出て話題にもなった。

奇跡に、今度は影武者誕生説が飛び出したほどだ。

「えっ、えっ、じゃあ本屋敷平の連載が急に毎号ちゃんと載るようになったのって、晶川さんのおかげっ⁉」

「そういうことになるね。一体どんな魔法を使って彼に原稿を書かせたんだか……」

「わー、晶川さんにもっとお礼を言っておけばよかったな！　俺も待ってたから！」

犬明の返事もみなまで聞かず、興奮のあまり春のテンションは上がった。学生時代ほど読書はできなくなってしまったけれど、今もずっと続きを楽しみにしている作品はある。本屋敷平のシリーズも、そうした本の一つだ。

「あ……ごめん、びっくりしてつい」

「なんで謝るの？　本屋敷くんの作品は僕も好きだよ。復活してくれて嬉《うれ》しいね」

「……昇さんはライバルじゃないの？」

問うと、苦笑された。

「まぁ同じ若手の括《くく》りだから比較されることもあるけど、特には。小説なんて、面白いものはただ『面白い』でいいだろう？　本ってのは、どちらか一冊を選ぶ必要はない。どちらも読めるし、楽しめる」

客観的な視点で、さらりと言ってのける様は犬明らしい。

そう思った瞬間、脱力するような男の声が響いた。

「って、前に品川くんにも言った気がするけど、案外建前だったりするのかもね」

「……建前？」

「……俺は本屋敷くんほど小説を感性では書いていないし、天職だとも思ってない。求められるものを仕事として書いてる。結果のコーディネートされたソフトのプログラミングをするようにね」

自身の小説へのアプローチさえも、犬明は客観的に分析しているらしい。

文筆の才能に溢《あふ》れながら天職じゃないなんて言いすぎだ。けれど、確かに犬明ならばほかの職業を選んだとしても、成果を出せるに違いない。

器用すぎる上に、仕事熱心だからだ。

「でも、俺は『犬明昇』の小説が好きだよ」

春は、自信をもってそれだけは言えた。

「春……」

いつになく強い眼差《まなざ》しで隣を仰げば、少し戸惑ったような男の表情が返ってくる。

ジャンルも様々な犬明の作品は、何十色もあるパレットのように色づかいも豊かだ。暗い色、明るい色。鮮烈かと思えば、ときにぼんやりと微睡《まどろ》むような曖昧な空気が漂う。冒険活劇の大人気シリーズも、あまり話題にならずに埋もれてしまった過去の作品も好きだ。どの色も春には好ましく思えた。

どうしてだろうと以前も考え、思い当たった。

犬明の言葉は、誰も置いていかない。

「先生の本は面白いだけじゃなくて、優しいから好きなんだ」

「優しい？」

「うん、読者を置いていかない感じがする」

紙に印字された文章。登場人物はただ作られた物語の中で生きているにすぎないはずなのに、こちらを見てくれているような気がする。

いつからか、犬明の小説の中に感じるようになった。誰もぽつんと置いてけぼりを食らわないように、振り返って確かめて手を引いてくれているような優しさ。

男も女も、老いも若きも。

春のことも。

いつも疎外感を覚えていただけに、小説でさえ輪の中に入れるか否かを察してしまうのかもしれない。

「理解できる人だけついてくればいい……僕はそういう書き方ができないんだ」

犬明は静かに応えた。

「衝動で書こうとしても、体裁を整えてしまう。百人の読者がいたら百人に満足してほしいってね」

「優しいから独りよがりになれないんだよ、先生は」

「どうだろう。優しいんじゃなくて、商魂逞しいんだと思うけどね」

「えっ」

「百人に満足してもらい、次も買ってもらいたい」

冗談めかしつつも、言い切る男に驚かされる。どこまで本気なのか判らない。

けれど、本音でも冗談でも間違ってはいないと思った。

「商業作家として、それは正しいと思います」

アシスタントとしては正しいフォローに、犬明は「ははっ」と声を立てて笑った。

それから、面映《おもは》ゆそうに目を細めて春を見つめた。

「百人に満足してほしいけど、一人が好きだと言ってくれれば嬉しいって気持ちもあるよ。それが大事な人ならなおさらね」

自分のことなのだと、今は間違えずに気づけた。

なのに春は目を逸《そ》らし、「うん」と頷《うなず》くだけで精いっぱいになった。

「じゃあ、先にお風呂入るね」

食後の片づけを終え、キッチンを出た春はリビングの犬明に声をかけた。

テレビも消えた部屋は静かで、ソファの犬明は組んだ足の上で開いた本を見ている。晶川にもらったあの資料だ。

「ああ、ごゆっくり。僕は目を通してから……あっこら、リー、妨害やめろって」

ページを捲《めく》る度、傍らから『てやっ』と飛び出してくる白い前足。ちょっかいを出す子猫は、一瞬の隙を逃さず本の上に乗り上がろうとして、犬明のブロックを食らう。

攻防は遊んでいるように見えるのか、クウンと鳴くベスまで鼻先を突っ込んで参戦し、微笑《ほほえ》ましすぎる三《み》つ巴《どもえ》の戦いだ。

春はくすりと笑った。

部屋を出ようとして、ふと思い出して足を戻し、ダイニングテーブルの端に置いたままだった袋を手にした。

今日届いた自分宛ての郵便物。着替えを取りに向かった自室で、ついでに確認した中身は予想どおりにもかかわらず、溜《た》め息が零《こぼ》れる。

今、リビングの犬明の膝上にあるものと同じ鉄道本だ。

春が勝手にずっと探し続けていただけだ。

入手困難といっても、プレミアがつくほど需要があるわけでもなく、市場に出回った数が少なすぎたため見つかりづらい本だった。

神保町《じんぼうちょう》などの扱ってそうな古本屋を探しても見当たらず、ネットでフリマサイトを毎日巡回してようやく出会えた。

見つけたときには小躍りしたくらいだったけれど。

「……二冊あってもね」

ポツリと呟《つぶや》き、思い切る。春の目的は犬明のサポートなのだから、誰からの本であろうと見つかったならそれで良し。

どこにしまうか十二畳ほどの部屋に視線を巡らせ、とりあえず壁際の作業机、資料として確認中の本の最下層に滑り込ませてバスルームに向かう。

風呂はいつもより少し長めにシャワーを浴び、髪をタオルドライしつつリビングに戻ると、まだ本を読んでいるとばかり思っていた犬明の様子が変わっていた。

左腕を枕に横になっている。

「先生、お風呂……」

ちょっと休憩かと思えば、気づく様子もなく目蓋を落としていて、襟元のボタンの二つ開いた白いシャツの胸元には子猫。すっぽりと収まったリーは体を丸めつつも安心しきった様子で、同じく目を閉じている。

笑っているみたいな猫特有の寝顔だ。これぞ天使——いや、天使の顔をした小悪魔にそそのかされ、犬明はどうやら寝落ちしてしまったらしい。

読み終えると言っていた本は床に落ちており、足元に寄り添うベスの顎乗せになっている。原稿の執筆ではないとはいえ、資料を読むのも仕事のうち。犬明が作業を放棄してうたた寝しているところなど初めて見た。

春はそっとソファの手前で身を屈《かが》める。しっぽを揺らして起き上がろうとしたベスには、咄《とっ》嗟《さ》に唇に「しっ」と指を当てて見せ、気配を感じさせないでくれるよう頼んだ。

賢い犬は空気を読んでくれる。

こんなに無防備な寝顔は滅多に見られない。

ここにスマホがあったら、写真を撮るのになんて——ただのファンで、ただの恋人の弟だった頃と大差ない。

思うままに気持ちが告げられないのも。

春はラグの上で正座になり、男の寝顔を見つめ続けた。

「……昇さん」

呟く声で名前を呼んでみても、目覚める気配はない。微《かす》かな寝息さえ感じる唇は薄く開かれていて、春は誘われるように顔を落とした。

キスしたいと思った。

いつも与えられるのを待っている。またキスしたり、ほかのこともいっぱいしてもらえるかもしれないなんて、浅ましく毎日期待して。もしかしたらと、今夜もシャワーで体の隅々まで丁寧に洗った。

時々、たまらなく切なくなる。

――今も。

唇に感じるほのかな熱と吐息。触れかけたところで春は動けなくなった。

犬明が目を覚ましたらなんて言おうと考えると、急に躊躇《ためら》って怖くなる。

小説を好きだと言えるように、もっと彼自身のことも真っすぐに好きだと言えたらいいのに。

どうして言えないのだろう。

子猫よりもずっと、抱きしめてもらいたいと思っているのは自分のほうなのに。恋人であるよりも、「好き」と告げることのほうが難しい。


六月。水無月《みなづき》。水の月だ。

まもなく梅雨入りながら、月は替わったばかりで五月と変わりない好天の日々が続いた。

犬明は打ち合わせに出かけていて、バイトが休みの春がそろそろ夕飯の支度をと思っていたところ、スマホに着信があった。

剛琉《たける》からだ。

『子供も猫好きだっていうから、もう決まりだと思ってたんだけど、一応家の様子見に行ったら、ちびっ子がぶんぶん猫のぬいぐるみ振り回しててさ。こりゃ無理だなって。不安だろ？愛がヤバすぎって思うだろ⁉』

普段、剛琉は里親探しの進捗具合はラインで報告してくる。あまりに衝撃的な光景で、譲渡先がなかなか決まらない罪悪感も加わり電話をしたのか。

声に圧倒されつつ、春は応える。

「それは……なんていうか、厳しいね。いいよ、もう少しこっちで預かっておくから」

リーはこのところ甘え上手にもなり、ベスとはすっかり遊び仲間。このままいけば、犬明は『うちで飼ってもいいよ』と言い出しそうな予感さえしてきた。

里親探しをあっさり諦められても困るので、今のところ剛琉には黙っておく。

『なぁ、リーはどうしてる？』

そろっとした声で問われた。

「元気だよ。食欲もあるし」

『元気そうなのは、送ってくれた写真見ればわかるって。今、どうしてる？』

春は視線を真下に落とした。

「俺の膝の上にいるよ。ゴロゴロ言ってる。電話で話してたら気になるみたいで、乗っかってきて……」

すっぽりと収まった小さな温もり。膝上というより、ソファでかいた胡坐《あぐら》の中だ。

電話越しの男は、自分から知りたがったくせにむすりとした反応を寄越した。

『なにその勝利宣言。浮気相手が「彼なら今私のベッドにいるわよ」ってやつ⁉ キーッ！』

「勝利って……預けたのおまえだろ」

呆《あき》れつつ返すと、今度は急にしおらしくなる。

『はぁ、つか会いたい。もう十日以上もチビを見ても触ってもないなんて……なぁ、ちょっとだけ様子見に行ったらダメ？』

「そうだな、先生に訊《き》いてみて……」

『今から行っていい？』

「えっ、きょっ、今日⁉」

予想外の要求に、思わず焦って前のめりになった。股の間で潰されそうになったリーはミャッと妙な鳴き声を立てる。

『今日、久々に店休みだし。明日からまた七連勤なんだよ』

「七連……って、シフト入れすぎじゃないか」

『うん、まぁ……けど、最近アフター入れてないから、時給で稼がないと。猫のメシ代も、後でまとめて請求してくれれば払うから』

意外に律儀で驚いた。

「べつにいいよ、それは。俺もいらないし、先生も絶対に受け取らないだろうから」

犬明はそれどころか、身長ほどの高さもあるキャットケージまで買って至れり尽くせり。いつの間にかオモチャも増え、リビングに転がる犬や猫のカラフルなグッズは、子供でも生まれた家庭みたいだ。

隙なく整えられた美しい部屋も心地いいけれど、今のちょっと気の抜けた感じも春は嫌いじゃなかった。

平和の証《あか》し。これ以上、なにも欲しがる必要はないだろうと安心させてくれる。

「じゃあ……ちょっとだけなら来てもいいよ」

少し前なら断固断っていただろうに、春は承諾した。

この平和の一端をくれているリーに、剛琉を会わせてあげないとならない気がした。

「なにこの家。あんの、こんな部屋。テレビドラマのセットかなんかじゃないの？」

やって来た剛琉は、エントランスのインターフォン越しから「ありえない」を連呼していた。

どれだけ急いで来たのか、到着は犬明と連絡が取れないうちだ。晶川が来たときのようにスムーズにラインの返事が来ず、既読にもならないので忙しいのかもしれない。

躊躇いつつも、息を切らしてまでやって来た男を無下に追い返すこともできず部屋に迎えた。

「タケル、人の家に来てクレームやめろよ」

きょろきょろと視線を巡らせつつリビングに入る剛琉に、春もひどく落ち着かない。

「文句じゃないって。なんかすごすぎて、俺のキャパが追いつかないっていうか……だって、玄関だけで普通に俺の住んでたアパートの広さだし、犬いるし」

「ベスは関係ないだろう」

どんな来客も全力でお迎えするベスのフレンドリーさに、気持ちも緩む。剛琉も満更でもない様子で、しゃがんで犬の頭を撫《な》でつつ言った。

「すごいよなぁ、おまえの先生」

「俺の先生じゃないから」

「判ってるって、『おまえの住み込みの仕事先の先生』の略な。チビは？」

どこまで信じてくれているのか、それどころではない様子の男は、目当ての小さな生き物を探す。突然の来客におっかなびっくりの子猫は、ソファの陰からひょっこりと顔を出しこちらを窺《うかが》っていた。

「リーっ！」

覚えているのか怪しいものの、好奇心旺盛な子猫はすぐに出てきた。

剛琉が撫でれば、グレーの一つブチのお尻を上げて、『もっと』と要求。

「リー、大きくなってない？」

「そうかな？　毎日見てると判らないけど」

「二回りくらいでっかくなってるって！　育ち盛りだもんニャー？」

嫁に出した父親のように感慨深げな上、まさかの猫語。

ゴミ置き場でアレと間違えたとは思えないほど、ふわふわの毛並みで子猫が家にやってきたのは、剛琉が手間を惜しまず世話をしていたからに違いない。

ドロップスにいた頃には気づけなかった。剛琉のか弱きものへの優しさ。

「タケルさ、もう自分で飼ったほうがいいんじゃないかな」

再会の様子を見つめる春の口からは、自然とそんな言葉が出る。

「だから、それはダメだって、征吾《せいご》の迷惑になりたくねぇの！　最近あいつ、機嫌だって悪いし」

「え、なにかあった？」

「うーん、なんか疑われてるみたいで。俺がこそこそ里親探しやってるから。今日も久々の休みだってのに候補の家見に行っちゃったし」

「そっか……じゃあ、早く里親が決まらないとタケルも大変だな。あ、俺は夕飯の支度するけど、リーと遊んでていいよ」

もし犬明にリーを永遠に迎える気があるのなら、早めに訊いてみたほうがよさそうだ。

とりあえず、中断した夕飯の準備に戻ることにした。

アイランドキッチンの作業スペースには、鶏《とり》の手羽元とジャガイモ、マッシュルームにニンニク、白ワインのボトルとハーブはローズマリー。そして、外せないスマートフォン。

調理は、がっつりとスマホに表示したレシピ頼りだ。

「へぇ、料理やってるんだ。今日の夕飯、なに？」

食材よりも画面を食い入るように確認していると、いつの間にか剛琉が傍らにきていた。

「あ……えっと『鶏肉の白ワインビネガー煮込み』……いや違った、こっちの『鶏肉とポテトのカチャトゥーラ』だ」

「カチャ……なんだって？　ハル、それ好きなの？」

「食べたことないけど、美味《おい》しそうかなって。ワインに合いそうだし」

「先生って酒はワインだけ？」

「ビールも日本酒も飲むけど」

「じゃあ拘《こだわ》る必要ないじゃん。ねぇ、ハルが手羽元で好きな料理ってなに？」

「えっ、なんだろ……普通に手羽元煮かな、醤油《しょうゆ》系の。母さんが酢を多めに入れて作ってたのが、さっぱりして美味しくて」

「じゃあ、それで決まり」

戸惑う春に、剛琉はニッと笑った。

「料理が上手くなるコツはね、まずは自分が好きでよく知ってるやつを作ること。知らないもの作ったって、正解かどうかわかんないでしょ」

「へぇ、タケルって料理得意なんだ？」

「得意っていうか、まぁ男の胃袋がっちりつかめるくらいにはな」

「それもう特技の域だよ」

ゲイの永遠のトレンドの一つ、筋肉が自慢の剛琉ながら、筋トレだけの男じゃなかったらしい。

「普通の煮込み……うん、やってみようかな。でも俺、和食もレシピ見て作るし、調味料はタタッと入れるみたいなのできないんだけど」

「そんなんできなくていいんだよ。適当より、ちゃんと量るほうがいいに決まってるだろ。味も店みたいに安定するし」

「そっか」

早速、軌道修正を施した。主食もご飯に変更、急いで炊飯器をセットする。食材はいくらか変えて、一緒に煮込むのはジャガイモではなくレンコンにした。鶏もレンコンもフライパンで焼き目をつけてから煮込む。

母親の味に近そうなレシピを探し、剛琉からアドバイスももらいつつの作業は、未知の料理と大差ないようだけれど、味を調えようとして気づいた。

「なんか……違うような？」

お玉片手で春は首を捻《ひね》る。

「どう違うんだよ」

「もっとこう、まろやかだった気がする。あ、砂糖足りてないのか」

微妙なズレを補整するには、確かに舌の記憶は役立つ。

「ハル、煮込んでる時間もったいないから、この間にもう一品作れば？　和食に変わったけど、なんか材料ある？」

「ああ、うん、だいたいなんでも揃《そろ》ってる」

「魔法の小部屋か、ここの冷蔵庫。ほうれん草の白和えとレンコンの残りでキンピラ作るってのは？　ザ・和食、王道で攻めちまえ」

「それでいいです、先生」

「いつから俺まで、おまえの先生になったんだよ」

急に頼もしくなった元同僚への照れ隠しだ。

急上昇した尊敬の念と親しみが半分。ただの同僚だった頃よりも、信頼感が生まれたのは確かで、猫と料理は偉大だ。

「ちょっと、先生っ！　キンピラの鷹《たか》の爪、どばって入ったんだけど、入れすぎ？」

「あー、後で取り出せばいいんじゃない。それくらいなら。それよりこっちの器……」

まもなく料理も完成という頃。手羽元煮の器を選ぼうと壁際の大きな食器棚に向かう剛琉が、急に沈黙した。

春も気がつき、驚きに身を竦《すく》ませる。

「……先生」

いつの間にか、犬明が言葉もなくカウンター越しのダイニングに立っていた。足元のベスだけがいつもどおりで、嬉しさのあまりハッハッと笑顔で周囲をうろつく。

作業に集中するあまり、帰宅に気がついていなかった。

「誰？」

犬明らしくない、不躾《ぶしつけ》な声と視線が剛琉に向かう。異物でも見るかのような眼差しに、食器棚の前で硬直した男は、ぎこちない挨拶をした。

「いっ、今野《いまの》剛琉です。猫を預かってもらってる！　はじめまして……じゃないんですけど」

「たっ、タケルは前に先生と店で会ってるから！」

春も狼狽《ろうばい》しつつ加わる。

「店？」

あまり思い出してほしくはない、あの夜の出来事。春は口ごもる。

「どうも、おじゃましてます。リーがお世話になりまくってて……あーっ！」

剛琉は猫のようにマイペースながら、不意に大きな声を上げて、春に耳打ちしてきた。

「しまった、手土産的なものなにも用意してないんだけど?」

「い、いいよそんなの……」

判りやすくヒソヒソとしたやり取り。眺める犬明の眼差しが、ますます冷ややかになったように感じられた。

春は剛琉の印象を少しでもよくしようと、焦って庇《かば》う。

「今日はリーを見に来たついでに、夕飯の支度を手伝ってくれて! 剛琉、こう見えてすごく料理上手なんだよ? 俺も今いろいろ教えてもらって……」

こちらの声が聞こえていないんじゃないかと思うほど、表情の変化に乏しかった犬明が急にふっと笑った。

なにか腑《ふ》に落ちたように言った。

「それで君の『先生』? なるほどね」


夕飯はいつもカタカタと鳴る音がテーブル下で響く。

ベスの首輪のネームプレートがフードボウルに当たる音だ。食事もマイペースな猫のリーは、犬ほどの勢いはなく、「うまいうまい」と喋《しゃべ》っているかのような鳴き声を上げながらのんびり

食べている。

人間たちだけが、形容しがたい緊張感を張《みなぎ》らせていた。普段は二人きりの、広い八人掛けのダイニングテーブル。犬明と剛琉、向かい合って座る二人の間を走る洒落《しゃれ》たテーブルランナーが、今は隔てる境界線にも映る。

春は藍色の器に盛ったメインの手羽元煮をそれぞれの席に並べるも、剛琉は腰を浮かせかけた。

「あー俺、やっぱり帰りま……」

「せっかく君も手伝ってくれたんだから、食べていきなよ」

「いやでも、急に押しかけて悪いっていうか、空気じゃないっていうか……」

「驚かせて悪かったね。ラインと君の雰囲気が少し違ってて、びっくりしただけだよ」

犬明は微笑《ほほえ》むも、「じゃあ、お言葉に甘えて」に一転して和む空気でもない。剛琉は、ご飯をよそいにキッチンに戻りかけた春のシャツをクイと引っ張った。

「俺、そんなにラインと違ってる？　てか、ラインで判る俺の雰囲気ってどんなの？」

あれは無自覚なのか。女子と誤解するのも無理はない剛琉のラインだけに、犬明はもっと可《か》愛《わい》らしい男をイメージしていたのかもしれない。

実際の剛琉は、薄着のシーズンが本番とばかりに二の腕や胸筋を誇らしげに主張する逞《たくま》しさだ。一見して——二度見、三度見しようとも紛れもなく男。

「そういえば、僕のほうがちゃんと自己紹介していなかったね。犬明昇です」

気を取り直したように始まった自己紹介に、剛琉はホッとした顔になる。

「小説家の先生！　春からは聞いてなかったけど、テレビで見かけて『あれ？』って！」

「小説は僕の職業ではあるけど……春と一緒に暮らしてるのは、付き合っているからだよ。だから、よろしく」

さらりと告げられた言葉に過《よ》ぎった違和感と、一瞬の沈黙。カタカタとベスのフードボウルの鳴る音ばかりが大きく響いた。

「……それって、ハルの恋人だからよろしくってこと？」

「先生っ！」

遅れて春は割り込む。

まさかという思いが反応を鈍らせ、理解すると同時に、声も表情も強張った。

「先生、なに言って……ちょっと、なに言ってんだよ？」

「春、僕はおかしいことはべつになにも言ってない。君との交際は事実だから、そう話したまでだ」

犬明はずっと冷静だった。春が否定しようとすることなど、まるでお見通しとばかりに。

それでも抗《あらが》わずにはいられなかった。

「はは……笑えないよ、そんな冗談。俺らの世界じゃ……なぁ、タケル？」

「ハル……」

「タケル、一緒に暮らしてるのは、先生の仕事のアシスタントをやらせてもらってるからだよ。前にもそう言っただろ？」

無理のある言い訳でも、貫き通さないわけにはいかない。

認めたら、犬明昇に男の恋人がいることになってしまう。スキャンダルの始まりはいつだって小さな綻びからだ。

「言ってたけど……やっぱりもうシンプルに『ハルの先生』でいいんじゃない？　先生もそう言ってるわけだし……」

「違うって！　おまえもちゃんと判ってくれてただろ！」

「『ハルの住み込みの仕事先の先生』だって？　おまえを心配して、住むとこから仕事まで世話してくれる保護者みたいな……」

みなまで言わずに、剛琉はビクリと身を竦ませた。振動したのか、Tシャツの極小さな胸ポケットを浮き上がらせているスマホを取り出す。

「あっ、ヤバっ、あっ、どうしよ……」

確認して落ち着くどころか、バッと挙動不審に立ち上がった。

「俺っ、帰らないとっ！」

「タケル？」

「征吾が怒ってる！　悪い、今日はこれでっ、先生どうもおじゃましましたっ！」

犬明の返答も待たず、テーブル下を覗《のぞ》き込む。

「リー、またなっ、また会いにくるからっ！　あと、バ、バ、バスもまたっ！」

リーは薄情にも、『俺よりいいもの食ってる』と剛琉に言わしめた猫缶に夢中のままだ。先に食べ終えたベスのほうが、名前を言い間違えられようとしっぽを大きく振って、『かえっちゃう？』と別れを惜しんだ。

玄関までは春だけが追った。

天然石の白い床に、そぐわない履き潰した黒のスニーカーが一つ。足を入れる男は、背を向けたまま言った。

「悪いけど、フォローはしないから」

「え？」

「ライラがさ……来羅《らいら》、覚えてる？」

「もちろん」

ドロップスのバイトの一人だ。手っ取り早く稼ぎたいと勤めているけれど、大学院生だとかで、ほかとは違うオーラを醸し出していた。

「あいつ、インテリぶってるだけあって、本とかたくさん読むみたいで、知ってたよ『犬明昇先生』のこと」

「え……」

「俺が事務所のテレビ見て気がついたときに、隣にいたんだ。『タイプなんだよね～優男風だけど脱いだらすごそう』だって。そうなの？」

会話の意図が見えず、春は硬直した。

剛琉のスニーカーよりずっと場違いな存在であるかのように、廊下の真ん中に立ち尽くす。

「俺はすぐには先生に気づかなかったけど、そこらに知ってる奴《やつ》はいるんだよ。有名ってそういうことだもんな。なのに先生、あんときおまえを取り戻そうと構わず飛び込んできたんだよ。ゲイバーなんて、たぶん初めてなのに」

剛琉はチラとだけこちらを振り返った。

「その意味、もっと考えてもいいんじゃない？」

ダイニングに戻ると、犬明は二匹のフードボウルを片づけているところだった。

人間ならば禁断の食後のうたた寝が平常どおりの犬猫たちは、リビングで寛《くつろ》いでおり、春だけが主人の元へ気まずく戻った。

「昇さん……ごめん、あの……勝手にタケルを家に上げてしまって……」

なにか言わなければと思いつつも、言葉が上手く出ない。

春はテーブル越しに立ち尽くし、キッチンから戻った犬明も座ろうとはしなかった。

「謝るのはそこなのか？　そんなことはどうでもいいよ。聞かなかった振りはできないから言っておくけど、俺は君の保護者になったつもりはない」

抑制の利いた声だからこそ、押し殺した感情を覚えた。

春は椅子のウォールナットの薄い背凭《せもた》れを握り締めた。

「……バレたら困ると思って」

「俺は同じ同性愛者の彼にも言えないような存在なのか」

「ちがっ、先生は特別だからっ……名前だって知られた小説家なのに、変な噂《うわさ》が広まったりしたら大変だろ」

間違ったことは言っていないつもりだけれど、犬明は絡み合った視線を解くようにすっと逸らした。

「はっ、まるで君のほうが保護者だな。小説家はアイドルじゃないし、マイノリティは珍しいことでも恥ずべきことでもないよ」

「珍しくない……」

だったら、学生時代の自分はどうしてあんなに必死で隠そうとしたのだろう。誰一人として周囲に仲間はおらず、いたとしてもみんな自分と同じように仮面を上手に被《かぶ》っていた。

誰も彼も、普通の顔してる。

電車で隣に並び座ろうと気づけやしない。

それが社会的に少数者であるということ。

「先生は……本当はゲイじゃないから、そんな風に思えるんだよ」

「『本当は』ってなに？　君を好きになった時点で、俺も同じだろう。仮の姿だとでも？」

静かな苛立《いらだ》ちは、テーブル越しだろうと伝わってくる。まるで剛琉と犬明を隔てていたテーブルライナーが、今度は自分との境界線に変わったかのようだ。

そして、境を生んでいるのはほかでもない自分自身。

「春、君と俺はそんなに違うのか？　君は本物で、俺は偽物？」

「そうは言ってないけど……」

「言ってるのと同じことだろう。ずっと気にはなってた。君は、いつか俺とは別れると思いながら付き合ってる」

言葉にせずとも、確かに存在していた隔たり。時折未来を語り、約束をくれようとする犬明に対し、春は自分からはいつもなにも言えなかった。

「春、そうだろう？」

犬明は問いかける一方、苦しげな表情へと変わる。

聞きたくはなかった。曖昧なままでいることが、春は幸せを長続きさせる方法だと思っていた。

言葉にしたら、答えが必要になる。

「だって、本当のことでしょ。いつかその日は来るから」

「来ないかもしれないだろう」

「来るよ」

握ったときはひやりとした木製の椅子の背は、もう馴染《なじ》んでなにも感じない。指が白くなるほど握りしめ、春は不自然なまでに話題にしなくなっていた家族の存在に触れた。

「昇さん、姉さんに言えるの？」

答えを聞いたら、終わりが見えてくる。

「言えないね」

即答だった。『ほら、やっぱり』なんてテンポよく返すには、答え合わせに春の心は普通に切りつけられた。痛くて言葉が出ない。

なにか言わなければ犬明を困らせてしまう。

できればシリアスにならないよう笑って。

ぎこちなく動かしかけた唇に、犬明は微かな溜め息を零した。

「そんな泣きそうな顔するなら、なんで訊くんだ。今は美冬《みふゆ》には言えないよ。伝える必要があるとも思えない。だいたい、どうしてわざわざ自ら問題を増やすような真似《まね》をしなきゃならないんだ？　春一人でも、ややこしくしてくれるってのに」

「や、ややこしく……」

「そうだろう？　俺はただ君に惚《ほ》れてて、君もそうだと思いたいだけなのに……一緒に暮らしてまで通じ合えないって、ちょっと淋《さび》しすぎやしないか」

言葉だけでなく過ぎった淋しげな表情。姉のときにも、最も近くにいながらすれ違ってしまったことを犬明が悔やんでいたのを思い出す。

「判ってたよ。なにかいろいろ考えすぎて、春も不安なのは。急にバイト始めたり、俺に遠慮でもしてるのかなとは思ってたけど」

「俺は……世話になるばっかりで、仕事の役にはあんまり立ててないから」

「役立ってるだろう。資料探しだって、いつも的確だ」

「……それくらいだし、資料なら晶川さんだって見つけてくれただろ」

「ああ、あの春も買ってくれてた本か」

春は「えっ」となってテーブル越しの男の顔を見た。

「ごめん、君の部屋の机に積んであった資料から一冊持って行こうとして、リーに邪魔されてね。連れて行った俺が悪いんだけど、床に雪崩起こして見つけた。ああ、領収書はちゃんと取ってくれてる？」

最後は冗談めかして言う。こんなときも和ませようとしてくれるのは犬明らしい。

「春、本の中身まで確認して、付箋でピックアップしてくれるのは君くらいだよ」

真摯な声音に戻った男は告げる。

「そんなこと……大事なことはエージェントの谷口《たにぐち》さんがやってるし」

「いつかは、そのエージェントの代わりも春がやってくれたらいいなって、俺は勝手に夢見てるんだけど」

「えっ……そうなの？」

驚きのあまり声を上げてから、春は首を強く振った。

「いや、そんなの無理だよ……ムリムリ」

「どうして？　できないって決めつけは早計だろ。そのためにも俺はいろんな仕事を春に見てもらおうと思ってたんだけど……もしかして、だからこないだ先に逃げ帰ったとか？」

テレビの収録の後、一人で帰った。せっかくの司会者との食事の誘いを、ベスやリーを言い訳にしてまで固辞してしまった。

「逃げ……たわけじゃない。あれは、アシスタントが食事に同席なんておかしいと思って」

「おかしいと思うような人だったら、俺も春を誘ってないよ」

「けど……昇さん、俺に気を遣いすぎてない？　女優さんの誕生日パーティにも行かなかったって、谷口さんが。心配してたよ？　具合でも悪いんじゃないかって」

「具合は悪くないけど……都合は悪かったな」

「え？」

「春とデートの日だったんだよ。久々のオフは春と過ごすのを楽しみにしてたから。気を遣ったというより、俺の我儘《わがまま》だな」

「そんなっ……花の手配は？　それくらいも俺は頼りにならないんだと思って」

「だって君に頼んだら、『行ってこい』って背中押すだろ？」

大人の犬明は人一倍口も上手い。自分は言い包《くる》められているのだろうかと疑いたくなるほど、その言葉はすっと胸に降りてくる。

じっと見つめる春の眼差しになにを感じ取ったのか、犬明は困ったように笑った。

「俺は、春が思うほど大人じゃないよ」

「大人だよ、俺なんかに比べたらずっと」

「まぁ年齢はね。でも、同性と付き合うのは初めてだから、正解が判らなくて悩んだりもするし。いつまで経《た》っても春の『先生』呼びが抜けないのが嫌だなんて、器の小さいところもある」

「それはずっと小説のファンだったし、今だって尊敬してるし……アシスタントだから、『先生』って呼ぶのが自然なときだってあるよ」

「そうだね、頭では判ってるつもりだよ。自分が意外に感情に支配される男だってことに気づいて驚いてもいる」

「昇さん？」

春は訳が判らず、首を傾《かし》げた。

「もうこの際だから正直に話しておくよ。『どうでもいい』なんて、強がってしまったばかりだけど、俺のいないときに家に男を上げてほしくない」

「え……」

「家に帰ったら間男がいて、心臓止まるかと思った」

剛琉のことなのはすぐに判った。理解したら、春の呼吸も止まりそうになった。

犬明らしくもない。

「タケルはリーに会いに来ただけだよ。こないだ晶川さんが来たとき、『好きにしていい』って言ってくれたから、つい家に上げてしまって」

「晶川くんと、彼は違うだろう」

「……ゲイだから？」

「そうじゃなくて、彼はその……とても男らしいし、君に惚れたり間違いがないとも限らない」

犬明の心配が意外すぎ、春はポカンとしそうになった。

「ないよ、そんなこと」

「判らないだろう」

「絶対にないから！　タケルは、ああ見えてネコだし」

本人の許可なくデリケートな部分に触れてしまうも、犬明の反応は鈍いままで、不思議そうな表情さえ見せる。

「猫が好きってことか？　まぁ拾うくらいだからね。でも動物好きと恋愛は……」

「犬猫の話じゃなくて！　タチネコのほう」

以前、剛琉と噛《か》み合わなかった会話を、まさか犬明ともする羽目になるとはだ。しかも、勘違いをしてしまったのは自分ではない。

一瞬の間の後、犬明は深く俯《うつむ》いて、片手で顔を隠すような仕草を見せた。

「なんか……今、穴があったら入りたい気分だ。こんな気持ちを体感するのは初めてだよ。誤解で嫉妬に狂うなんて、カッコ悪いことこの上ない」

「先生は……昇さんは、いつだってカッコいいよ。今ので親近感も増したけど」

「親近感なんてフォローみたいな褒め言葉はいらないから、俺は春の完全無欠の恋人になりたいね」

さっきから信じられない言葉の連続だ。心なしかいつもより上気して感じられる犬明の顔を見ると、自然と春の足はテーブルの向こう側へ歩んだ。

椅子の背からも、磁力でも失《う》せたみたいにするりと手は離れる。

「昇さんはそのままで完璧だよ？」

「君の理想の恋人になりきれてたら、こんな会話はする必要もなかっただろ。パーフェクトには程遠いってことだよ」

　完璧主義な犬明らしい。

　春は頷けないまでも、テーブルの脇を回った。両端に垂れたライナーを体が掠《かす》めて揺らしたことにも気づかないまま、ただ恋人の元へと急ぐ。

　数歩の距離の間に考えた。

　剛琉に言われたこと。

　目の前にあるのに、自分が素直に受け止めきれずにいただけだ。

「春、惚れて付き合ってるなら、愛される男になりたいのは当然だろう？」

　彼は心から想《おも》ってくれている。あの店から連れ出してくれて、恋人にしてくれたときからずっと少しも変わらない。

「君に認められたい。好かれたい」

「そんなの……とっくに認めてるし、好きだよ？　すごく好き」

　ゴールにようやく辿《たど》り着く。男の両肩に手をかけた春は、そのまま顔を近づけた。何度欲しいと思っても、自分からはなかなかできなかったキス。

　掠めるように奪い取り、犬明は瞠《みは》った眸《ひとみ》をすぐに細めた。

「……春、もっと言ってくれ」

「もっと……好きだよ？」

軽く覆いかぶさるように頭を下ろし、額を押し合わせてもう一度。

「昇さん、大好き」

想いを言葉に変えて告げるも、それだけでは足りずにキスをする。能動的な口づけは、なにも恐れることなどないのだと判った途端に際限をなくした。

「もっと」

ちゅっと音を立てて啄《ついば》む。

「……もっと」

繰り返される言葉にしっとりと押しつけ、何度もするうち堪《たま》らなくなった。

吐息が零れる。息を吐いたと同時に、もどかしげに舌先であわいをなぞられ、春もちろっと中から熱い舌をひらめかせた。

伸ばし合った舌を擦り合わせる。

互いの粘膜を感じ合うようなキス。

「んっ……」

深くなる。熱っぽく溶け合うみたいな口づけは、クリアだったはずの頭の中までゆっくりとかき混ぜられ、溶かされていくようだ。

「……はぁ…っ……」

名残惜し気に唇を解放する頃には、肩にかけた春の手は震えていた。

自分の頬が赤く染まり、眸が判りやすく濡《ぬ》れているのを否応なしに感じた。腰を抱き寄せられ、腕の中にすっぽり収まりかけた身を捩《よじ》る。

「……ごはん、冷めちゃうから」

「春が冷めるほうが俺には大問題だ。滅多にその気になってくれないのに」

恨みがましいような発言に戸惑う。

目が合うと、犬明は苦笑いを浮かべて言った。

「いつもおすわりで『待て』をさせられてる犬の気持ちだよ。最近はベスに共感しすぎて、ご飯《はん》の前の『待て』は言わなくなったくらいだ」

「なに言って……それは俺のほうだよ。昇さんがしてくれるの、ずっと待ってて……」

浅ましい思いをつまびらかにしてしまうことに抵抗を覚えつつも、滑り出した言葉は止まらない。

「だって、仕事落ち着いてからもやっぱり週に一回だったし、俺…っ……昇さんは、そんなにしたくないんだと思って」

「だから、それは俺の言い分でしょ。口でされるのもやだってごねたの誰？　恥ずかしがってるだけかなとも思ったけど、俺もそこそこデリケートなんでね。あのとき無理に欲しがらせちゃったかなって……これ以上がっついても引かれそうだから、自制に励んでた」

予想だにしなかった本音。

欲しがってもらえないと不安になるのは犬明も同じで。二人して遠慮し合っていただけなのか。

春はもう一度唇を触れ合わせた。

軽く伸び上がって恋人の唇を奪い、それから希望も告げた。

「ごはん、後で温めなおしてもいい？」

まだ明るい犬明のベッドは初めてで、春は少しだけ戸惑った。

一年で最も日の長い季節。夕飯の時刻ながら、太陽の沈む気配はまだない。

バーチカルブラインドは開け放たれたままで、ベッドからは空と遠くの高層ビルが見える。

コーナーがガラス張りの角部屋は解放感がすぎて、誰からも覗かれやしないと判っていても緊張感を覚えた。

けれど、それもベッドでキスを繰り返すうち、考えも及ばなくなる。服を脱がされ、春もお返しのように犬明のシャツのボタンに手をかけた。

もう待つだけはやめにすると決めた。

トップスのシャツを脱がせ合って、急《せ》いたようにボトムも剝がれて裸になると、押し倒されそうになった春は「待って」と犬明を両手で押し止《とど》めた。

「……昇さん」

「ん？」

「お願いがあるんだけど」

寝込みのキス一つできなかった春には、今でも勇気をかき集めなければ言えない望み。

「あのさ、俺も……したい。昇さんにキス、ずっとしたくて……」

唇へのキスならたくさんしたばかりで、違う場所なのは伝わったはずだ。

「いいよ……ていうか、春してくれるの？」

「うん」と応えるつもりが、声にならずに頷く。本当は今でも、犬明の裸体を目にするだけでも鼓動が乱れる。もうすでになにか溢れてしまいそうにいっぱいいっぱいだ。

服を脱いだ男の足の間に春は蹲《うずくま》った。裸の背を丸め、緩く兆した犬明の中心に手を這《は》わせる。

ドキドキする。手や唇での行為は好きな相手以外となら経験があり、下手ではないと思うけれど、だからこそ『慣れている』と犬明に引かれるのも怖かった。

一方で、不慣れな振りをするのも無理だと思う。

――嬉しい。

触れるのを許されただけでこんなにも気持ちが昂《たかぶ》るのに、適当になんてできるわけがない。

両手で包み込む。自分と同じ興奮を感じる、性器は緩く勃《た》ち上がっていて、ちゅっと先っぽに触れると、一層膨れて手のひらに弾力を覚えた。

反応が嬉しくて、愛《いと》おしくて。すぐに舌先でぺろっと舐《な》めてしまい、がっついているみたいで恥ずかしい。

「春……」

引っ込めて焦《じ》らすようなゆとりはなく、そのまま張り出した亀頭に舌を這わせた。

犬明のそれは理想的な形で、ひどくセクシーだ。春のものよりずっと大きい。尖《とが》らせた舌先を先端から根元へ走らせれば、太さ以上に長さを強く感じる。

否応なしにあの瞬間が思い起こされた。

優しく貫かれ、じっくりと味わい尽くすような抽挿で追い上げられる瞬間。

「ふっ……うっ……」

先端を咥《くわ》えるだけで、淫らな想像に涙が滲《にじ》む。

上顎で頭のほうを刺激しながら、伸ばした舌で裏側をぞろりとなぞった。溢れるほど浮かんでくるカウパーを、じゅっと何度も吸い上げて春が喉を鳴らせば、犬明の息遣いが次第に乱れる。

「はっ……上手いな、春に持っていかれそう……俺はあんまり……されるのは好きじゃないはずなんだけど」

言葉にビクっと肩先を震わせてしまい、宥《なだ》める手が頭を撫でた。

「嫌いじゃないよ。でも、苦しい思いはさせたくないし……俺はどうも根っからの奉仕体質みたいでね。でも、今は……」

言葉とは裏腹に、口腔《こうこう》のものがまた少し大きくなった。

くいっと軽く押し込まれ、「んっ」と短い呻《うめ》きを上げる。少し奥へと迎えただけで、春の口の中は犬明でいっぱいになる。

「春……もっと奥、飲めそう？」

息遣いだけでなく、男の声が普段より低くざらついているのに気づいた。

春はコクコクと頷く。

「結構……サイズあるし、きついだろうけど」

早くも圧迫感に目蓋の縁が濡れた。滲む涙が粒を作り、犬明の動きが一瞬鈍るも、春のほうから頭を沈めて続きをせがむ。

「ふっ……うっ……」

顎を懸命に緩ませ、深く男を招き入れる。

喉奥に触れる雄々しい熱の塊。堪《こら》えきれない涙がぽろぽろと零れて、口の端からはカウパーだか唾液だか判らないものが溢れ出す。

顎の先まで伝い落ちそうになったところで、犬明が顔に触れた。目も口元も。指の背や腹で体液を拭い取り、滾《たぎ》る男の欲望をいっぱいに頬張った春の顔を両手で包み込む。

優しい手つきで触れられると、それだけで気持ちが昂る。

「……春」

欲情した恋人の声に心を掻《か》き乱される。

「ん……ぅ……ふ……ぅっ……」

じわりと深く飲んでは抜き出し、また飲み込む。

緩やかな出し入れの間も、犬明の性器が張りを増していくのを感じた。春は楽になるどころか苦しくなる。なのに被虐的な快感に酔いしれるように、体はじわじわと熱を上げた。

口の中も、体も熱い。全部。頬や耳朶《じだ》が赤く火照っているのを感じる。

「……ここが疼《うず》く？」

気づけば、大きな男の手が腰を摩《さす》り上げた。悪戯《いたずら》な手に「あっ」と裸身が反り返る。

「お尻がさっきからモジモジしてる。可愛いな……」

まだどこにも触れられていない。口淫だけで浅ましく昂っているのを暴かれ、ただでさえ熱を帯びた体は羞恥に焼かれる。

「こっちは後で……たくさんしてあげるよ。春の好きな気持ちいいセックスしよう」

ご褒美のように言い聞かされ、心は完全に崩れ落ちた。ヒクヒクと達するときのように体を揺らめかしてしまい、犬明を煽《あお》り立てる。

「ああ……春、いい」

微かな低い呻きに心が乱れる。

上がる男の呼吸に合わせ、頭を上下させた。何度も繰り返し。やがて喉奥に感じた熱。とぷっと熱いものが叩《たた》きつけられ、春は軽く噎《む》せそうになるのを抑えて飲み下す。ズッと抜き出されたものを追いかけるようにして、無意識に唇を寄せた。

まだ張りを保った恋人の性器。自身の唾液に濡れそぼったものは艶《なま》めかしく、酸欠も加わった春は胸を喘《あえ》がせる。

「……飲まなくて……いいのに……」

犬明は呼吸を整えながら呟き、放心する身をひっぱり起こした。

「昇さん……もう、俺……」

声が震える。

犬明が軽く息を飲んだのが判った。

シーツに大きな染みができていた。春の高く頭を擡《もた》げた性器はしとどに濡れ、透明な雫《しずく》が今もつうっと滴り落ちる。

「こんなになるまで我慢してくれたの？」

「だって、あっ……」

痛いほどに張った性器に触れられ、身が捩れる。軽く扱《しご》かれただけで、ベッドについた膝はガクガクに笑って、膝立ちでいるのも困難になった。

「……じゃあ、お礼。春……うつ伏せになって、お尻を上げてごらん」

言われるままに広いベッドに身を伏せると、犬明が背後に回る。腰だけを掲げるポーズはそれだけでもどうにかなってしまいそうに恥ずかしいのに、肉づきの薄い臀部《でんぶ》を開かれて狼狽える。

狭間《はざま》に触れたのは手指ではなく、もっと柔らかな感触だった。

「そっ、そんなこと……昇さん…はっ……」

「昇さんはしなくていいって？　いいかげん、俺を特別扱いするのはやめなよ」

特別扱いではなく、特別なのだ。

まだ慎ましやかな窄《すぼ》まりに施されるキス。

唇で開かれ、くねる湿ったものに突かれて、春はぐずつく泣き声を上げ始めた。引ける腰は両手でぐいと引き戻され、羞恥にも快楽にも弱い場所が抉《こ》じ開けられる。

疼かせていたところに舌が入り込んでくる。

「……あっ……あっ」

堪えきれずに溢れる声を、涙ごとシーツに吸い取らせて春は啜《すす》り喘いだ。

こんなのはいけないと思うのに、堪らない。感じてしまう。

「あっ……や、ダメ……だめ……」

アナルを舌や唾液に潤してもらい、淫らな音まで立てられて悦《よろこ》んでいる。

「いや、嫌…だ……くち、や…っ……許して……ホントにもう……」

「……どうかな、君は嘘《うそ》ばかりつくから。ココもこないだみたいに最後はおねだりしてみる？　お尻の穴、いっぱい舐めて、奥までしてって……」

「ふ…ぁっ……」

抜かれた舌の感触にも、腰が揺れた。

剝《む》き出しになった狭間にとろりとしたものが垂らされる。いつの間にか用意されたローションは温感で生温かく、いつも体温に馴染《なじ》みすぎて怖いくらいだ。

まるで中から自分で濡らしているみたいで。

「あぁ…ん……」

たっぷりとした滑りを淫らな淵《ふち》へと送り込まれ、ぬるつく長い指を差し入れられた春は高い声を上げた。

あからさまにクチュクチュと鳴り響く水音。シーツに額を擦《こす》りつける春は頭を振って恥じらうも、責め立てる犬明は容赦がない。

「柔らかいな……まだ自分で馴らしてる？」

言葉にきゅうっと内壁が収縮し、男の指を締めつけた。返事をしたも同然だ。

「あ、洗うついでにちょっとだけ……もしかしたら……すっ、するかもっ……て、思ってて

「……」

「悪い子だな。勝手に恋人の楽しみを奪うなんて」

「ひ…っ……あぁ…んっ……」

二本の指が深く埋まる。増えた指に締まりのきつい入口から奥まで開かれ、リズミカルな抜き差しを施されて、春はとうとう泣きじゃくるような声を上げた。

まるで甘いお仕置きだ。許しを請いながらも、自らも体を揺らめかし始める。

「ふ…っ……あ……」

あまりに快楽に弱い。熱く火照った体をシーツに摺《す》り寄せ、敏感な胸元の左右の尖りや、昂ったまま触れられずにいるものを刺激しようとする。

シーツを濡れ光らせているもの。

「……前はまだだ」

「昇さ…っ……」

「今両方したら、春はすぐイってしまうだろう?」

「でも、もう……あっ、も…ぉ……」

腰を引き起こされるも、それは唐突だった。

何度も抉《えぐ》られたポイントを、犬明の指先が掠めただけで、春の性器は弾《はじ》けた。小さな割れ目が、熱い迸《ほとばし》りに内から押し開かれる。

「あっ、あっ……」

射精は気持ちがよかった。蓄えたものが噴き零れ、白濁は証しへと変わる。

犬明の言うことを聞かず、暴走した証しだ。

「今朝替えたばかりのシーツがどろどろだ」

春は膝をガクつかせながら応える。

「昇さん…っ……ごめんなさい」

「冗談だよ。春があんまり可愛いから、ちょっとイジメたくなった」

身を起こすのを手伝う男は、乾く暇もない春の頬に唇を押し当て、涙の跡を辿りながら言った。

「おいで、春」

ベッドのヘッドボードと枕を背宛てにした犬明の上に、春は促されるまま乗る。ジムで鍛え上げた犬明の体は着やせするほうで、跨《またが》った腰はしっかりとした厚みを感じた。

「週に一回は撤回してもいいかな？」

「昇さん……」

「そんな制限決めたつもりもないんだけど……確かに週一に陥ってはいたかな。我慢の限界がくるから」

「が、我慢？」

「久しぶりにできた恋人が、家の中に据え膳でいるってのに、食べないのは我慢以外の何物でもないでしょ」

欲望を解いたばかりとは思えないほど、その言葉に春は敏感に震えた。

体の外も、内も。

「あ…ん……」

恋人の大きな手が熟れた体に触れる。

色づきやすい春の白い肌はピンク色に染まり、どこもかしこもろくに触れられもしないうちから熟していた。

「あ……」

犬明の手は期待に応えるように触れた。

ぷくりと膨れた左右の乳首や、射精したばかりの性器をたっぷりと可愛がってもらい、休む間もなくまた昂らされる。

ゆらゆらに揺れる眸も潤んだまま。

「……春」

名前を呼ばれただけで、そこがぐずつく。

とろとろに濡れて綻んだままの後ろに、春は自ら犬明の雄々しい猛りを宛がった。切っ先をゆるゆると擦りつけ、「んっ」と軽く啼《な》いて飲み込ませる。

「あっ、あ……はぁ…っ……」

　太い先っぽを咥えると、後はほとんど重力に任せて腰を沈めた。杭《くい》のような熱い昂ぶりに身を貫かせる。

　切れ切れの息遣いと、びっしょりと涙に濡れた眦。開き切った入口が切ない。もう奥までいっぱいだと思うのに腰は浮いたままで、続きが残されているのを感じ取る。

「春、まだだよ……もう少し。ああ、奥がすごいキュンキュンしてる……締まる…っ……俺を拒んでるのかな、それとも……」

「拒む……なんて…っ……あぁっ……」

　堪えきれなくなった男に軽く揺さぶって突き上げられ、狭まる奥がぐっと開かれる。強い圧迫に先走りがぴゅっと溢れた。

「ああ……んっ、んん……あ、おく…っ、あ……全部…っ……？」

「……全部入ったよ」

「はっ……ぁ…っ、あ……」

「……奥のココ、いつもきついね。俺のが……長い、からかな」

　声の途切れがちな犬明も、吐息を震わせている。

「春、キスして」

「んっ……ん……」

「……力、抜けそ……？」

幾度も唇を押しつけ合いながら頷く。

犬明の両肩に縋《すが》りつき、ゆっくりと腰を上下させ始めた。まだ奥は苦しいのに、ズッと抜き出すときの喪失感が堪らない。きつく開かれることすら快感にすり替わる。

「あっ……あっ……」

グチュっと奥を打つ度に響く、卑猥《ひわい》な音。薄らぐどころか激しくなるのは、犬明のものもカウパーが止まらずにいるからなのか。

熱くて、太い。強く擦れる度にぶわりと溢れる快感に、一度揺らした腰は振り子みたいに止まらなくなる。思考は限界まで絡め取られて、もう快楽しか追えなくなった。

感じやすく張った性感帯を押し上げるように、自ら先端を宛がい、腰を前へ後ろへと揺り動かす。

「……昇さん……昇さん…っ……あ、いい……あっ、あっ……」

「ああ……奥もだいぶ……俺の形に広がったみたいだね」

「やっ、そこっ……」

「ここ？　春も良い先生だな」

「……んんっ」

「春のイイところ……こうやって、上手に教えてくれる」

「あっ、まっ……ひ…ぁっ……」

「ほら、こんな狭いところにも、いくつも感じやすいポイントがあるってね……手前はどこがいいのか、奥は……ああ、奥はこんなふうに、お尻を回して馴らすのが春は好きみたいだ」

自分でも意識していなかった動き。再現するように大きく腰を回して突き上げられ、春は泣き喘いだ。

「やっ、あぁ…っん……」

「……どう、気持ちいい？」

「あっ、や、昇さ…っ……んんっ」

「春、気持ちいいの？」

「んっ、ん……いい……いいから、昇さんの、気持ち……いっ……あっ、あっ……あ、いっ……いいっ……」

湿った音を響かせ、犬明の動きが緩慢になる度に自ら腰を弾ませる。恥ずかしいのに止《や》められない。

羞恥と快感にもう涙が止めどなく溢れて、受け止める男の眼差しも熱い。

犬明は恋人の媚態《びたい》に目を細める。長い指で乱れた春の前髪を分け、火照って蕩《とろ》けた顔を焼きつけるように見つめてきた。

「……ぁっ……昇さ…ん」

「……もう少し強くしようか?」

「えっ、あっ……ひぁ…んっ……」

バチュッと強い音が鳴った。淫らに繋がれたアナルだけでなく、臀部まで打つほど深く勢いをつけて貫かれる。

「や、ふか……深…い、おなかっ……あっ、あっ、変……ヘンにっ……また、俺……」

ぶるっと体が芯から震えた。下腹の奥に熱く息づくものを感じる。

「昇さっ……もっ、もう……」

「今ので、またイッちゃいそう?」

否定する余裕もなく頷く。コクコクと顎を揺らす間も、体が前後に揺れ、犬明の締まった腹に張り詰めたものを擦りつける自分に気づいた。

「あ、ちが…っ……これは……」

「いいよ、前も。して見せて……俺も、もう少しでイキそう」

唆《そそのか》す声。縮む距離にまた唇が触れ合う。

促すようなキスに「んっ」と鼻を鳴らし、舌を絡ませながら春は腰を揺らした。クチュクチュと湿った中を攪拌《かくはん》しながら、切なく昂った性器を男の腹で刺激する。

「……硬いね。春のヒクヒクしてる。俺の腹で擦れるの気持ちいい?」

「あっ、あ…っ…んっ……」

「ぐっしょりだ。ごめんね、春はこんなにエッチで、お尻もこんな風にしてほしくて待っててくれてたのに」

「……いわ、言わないで…っ……」

しゃくり上げながらも、否定はしなかった。

今にもまた達してしまいそうな体は萎える気配もない。煽り立てられる一方で、辱められ、言葉で嬲《なぶ》られるのも嫌じゃないのだと恋人に教えてしまう。

好きな人なら、なんでも。

「本当に、春は教え上手だ」

「昇さ……ん……もっ、俺………」

ベッドについた両膝は、もうだいぶ前から震えて力が籠らない。春の縋るような眼差しと細い声に、犬明は応えた。

「……そろそろイク？　俺がしていいの？」

言葉に両腕を男の首に回した。甘えてしがみつき、体を任せてしまえば、犬明はゆっくりと抱えた身を反転させてベッドに沈めてくれる。

「あ…ぁん……」

繋がれたままの弱いところが軽く抉られ、春は啼き声を上げた。

「ああ、イイところに当たっちゃった？」

「んっ……ふっ……」

「それで、何回くらいにしようか？」

「……え？」

「セックスは、これから三日に一回？　二日に一度？」

濡れた眸をぼうっと開かせ、どうにか頭を働かせようとする春を犬明は見下ろす。ちょっとからかってくるときの、あの微笑み。

「そんな…っ……わかんな…いっ……」

「じゃあ、大は小をかねて毎日かな……春、大丈夫？」

「あぁ…っ……」

試すようにズッと深く腰を入れられ、春はシーツに背中を擦りつけた。身をくねらせる。

「んんっ、や……」

「いつでも、こうしていい？　挿《い》れたら俺も我慢はできないから、いっぱい……擦ってしまうけど？　春の好きな、この前立腺のとこも……奥のすごく狭いとこも……」

「あぁ…っ、や…っ……や、ら…っ」

「嫌なの……また嘘？　どっち？」

「んっ、奥、きつ…いっ…から、あっ……だめ……」

「……キツイの？　もういっぱい慣らしたから、だいぶ柔らかいよ……ほら」

「や、突いちゃ…っ……あっ、あ…ぁん……」

トントンとノックするように突き上げられ、下腹がうねるのを感じた。押し開かれる度にキュンと窄まり、飲み込んだ雄をひどく悦ばせてしまう。

歓喜して吸いつく襞《ひだ》を、硬く張った幹で余すところなく擦られ、春は啜り喘いだ。耳まで侵されそうな音が響き、止めどない先走りが臍《へそ》の辺りまで滴って、自らの腹をも光るほどに濡らす。

「あぁ…んっ……」

「ここ？　春、ココだね」

「……昇さっ…んっ、あっ、イッちゃ……もっ、出…ちゃう…っ……」

ぐっと奥を持ち上げるかのように突かれ、激しく身を捩る。

「……可愛い、春」

こめかみに恋人の唇。耳元には擽ったい声。

「昇さんっ……」

「もっと…っ……呼んで、俺の名前」

「……昇さん…っ、あっ、好き…っ……昇さっ……」

名前を呼ぶだけでは足りず、想いが溢れ出す。トントンと軽く奥をノックされただけで、ぶわりと白濁が吹き零れ、春は短く啼いて吐精した。

ぎゅっと恋人にしがみつく。どちらのものだか判らない、切れ切れの荒い息遣い。小舟みたいに揺さぶられながら腹をぐっしょりと濡らし、少し遅れて犬明も達したのを感じた。

「……俺も好きだよ、春」

身の奥に放たれたものも声も熱くて、心も体も溶け落ちた。


モゾつく生温かな感触に、春は目を覚ました。

頭の周りをパトロールでもするかのように行ったり来たりしている未確認生物は、大胆にも首の上を這い進み、小さな四つ足で喉元を踏んだり蹴ったり。春は「うぐっ」と呻き、重たい目蓋を抉じ開けた。

「……リー？」

犬明の寝室のベッドで傍若無人に振る舞っている生物は、大方の予想どおり白い毛玉のリーだ。扉は閉めた記憶が曖昧ながら、どうやって高さもあるベッドへ上がったのか。

リーは『はやくおきて！』と騒いでいるようでもあるけれど、寝坊ではない。一度は起きて、朝食の時間厳守にうるさい二匹のフードは準備した。

その後、食欲より睡眠欲とばかりにベッドに舞い戻ったのは、ひどい夜更かしをしてしまったからだ。

二人でベッドの上で。

隣で眠る犬明を目にすると、嬉し恥ずかしだ。うつ伏せ寝の男の寝顔は無防備で、うっかり『可愛い』などと思ってしまった。

太陽は高く昇り、広い窓から差し込む朝日はだいぶ和らいでいる。すぐにも昼を迎えてしまいそうだ。

「ん……」

起き上がると、振動に犬明も微かな呻きを漏らした。春は幸福感いっぱいの笑みを無意識に浮かべ、耳元に囁《ささや》きかける。

「昇さん、そろそろ起きないと。リーも迎えにきてるよ?」

「……リー?　どこ……おいで?」

寝返り打つ男はまだ寝ぼけた声で、子猫を胸元に招いた。ベッドの探検も落ち着いた白い毛玉は、満足げに主人の胸元に潜り込む。

起きるどころか、ブランケットを深く引き被ろうとする犬明に、春は焦った。

「ちょっ……待って、昇さん?」

慌てて引っ張り戻す。

「ダメだから、昨日原稿遅れてるって言ってたでしょ?　早起きして巻き返すって言ってたのは?」

「あー……昼から巻き返すよ」

「いやいや、ないから、昼からなんて言ってたら、すぐ夕方になっちゃうからっ……」

「んー……じゃあ、明日から本気出すかな。なぁ、リーたん？」

チビでも猫らしくグルグルと喉を鳴らし始めたふわふわの毛玉を、犬明はぎゅっと抱きしめる。

「リーたん……」

ぞっとするほど犬明にはそぐわない言動。呆れる呼び名もさることながら、『明日から』『本気出す』、そんなワードを口にする人間は仕事がろくにできやしない。

『どうか充分に注意なさってください。猫には違いありませんからね』

ふと、編集者の晶川の忠告が頭をよぎった。

猫を飼い始めて半月あまり。そんな馬鹿なと思いつつも、この小説家先生の腑抜《ふぬ》けようときたらどうだ。

「昇さん、起きてっ……ねぇ、昇さんっ、先生っ‼」

このまま寝たら死ぬ——なんて、雪山の遭難ばりにガクガクと揺さぶりかけたところ、遠くで音が聞こえた。エントランスからのインターフォンのチャイムの音だ。

「今、取り込み中なのにっ……」

繰り返す音を無視できず、春はリビングダイニングへと急ぎ足で向かった。ベスがしっぽを振って嬉しそうに駆け寄ってきて、廊下の途中で合流する。

予定にない来訪者をモニターで確かめて驚き、訪問理由を聞いてまた驚いた。舞い戻った寝室で、白い子猫を抱いて眠る男を目にすると、自然と息を飲む。

春は一呼吸置いてから告げた。

「昇さん、タケルがリーを迎えに来た」

揺さぶられても起きそうになかった男は、その一言でパッと目を覚ました。

「え……?」

「迎えにきたんだよ」

「里親が見つかったのか?」

「ううん、タケルが自分で飼うことにしたって。今、彼氏と一緒に下にきてる」

犬明の許可をもらって二人を迎えた。

「ハルっ、征吾が飼ってもいいって!」

親に許可をもらえた子供みたいな笑顔で、剛琉は現れた。初めて目にする恋人は、外見は剛琉の好きなスポーツマンタイプながら、意外にも堅物そうな男だった。

昨日、帰ってから大喧嘩《おおげんか》になったらしい。

浮気を疑われ、とうとう隠し通していた子猫の存在を打ち明けたところ、「触ったこともないから怖いだけで、嫌いなわけじゃない。てか、嫌いでもなんとかなる。ピーマンだって、おまえの料理で好物になっただろうが！」と叫ばれたのだとか。

偉大なのは猫と料理と、プラス愛情か。

雨降って地固まる。玄関先で『はい、どうぞ』とは渡せず二人をリビングに招いたものの、語ることがあるわけでもない。

「猫はこいつと大事にしますから！　絶対に幸せにします！」

そんな結婚の許しを乞うみたいな挨拶をされ、深々と頭を下げられては、『ちょっと待って』なんて言えようはずもない。そもそも剛琉の猫で、春も犬明も預かっているだけなのだ。

来るときは通販のダンボール箱でやってきた子猫は、帰りは犬明がペットショップで選んだ拘りのキャリーケースで去っていった。

二人は恐縮していたけれど、子猫用のフードやグッズだけが残されてもしょうがない。春の部屋にある大きな二階建てケージも送ると言ったら、「置けるかどうか検討してから」とやんわり言われた。

剛琉たちの帰った後の部屋で、春と犬明はぼんやりソファに並び座った。

子供部屋のように度々散らばっていたオモチャが失せ、元の静謐《せいひつ》なまでの美しさを取り戻したリビング。広い家ではリーは本当に小さな毛玉でしかなかったはずなのに、まるで炭酸の抜けたジュース……いや、犬明ならばシャンパンみたいだ。

春が先に口を開いた。

「もうお昼になっちゃったね」

「うん」

「朝ごはんは抜きで、昼ごはんにしていい？」

「うん」

「昇さん……淋しい？」

「うん」

頷くことしかしなくなった男は、素直に問いにも答える。ゆっくりと傾いできたかと思うと、ぽすりと春の右肩に頭を預けた。

「タケルが里親を探しきれなかったらさ、昇さん『自分が飼ってもいい』って言い出すんじゃないかと思ってたんだ」

「……そのつもりだったよ。こんなことなら、もっと早く言っておけばよかったな。振られてから告白のタイミングを誤ったことに気づいた気分だ」

「リー、昇さんに愛されてたもんね」

春の肩口で犬明は苦笑し、すっと頭を起こした。

「まぁ、一番でも二番でもないけどね」

もっと愛すべきものはほかにあると言いたげだ。嬉しいときも哀しいときも、足元に静かに寄り添う大きな犬に声をかける。

「ベス、おいで。おまえも淋しくなっただろう？　ほら、おまえが真ん中だ」

ソファに上がるよう促す。クウンと鼻を鳴らしながらベスは座面に上って、二人の間に収まった。お座りをすると子供一人分くらいのサイズの犬を抱きしめ、しばしの間、小さな家族のいなくなった感傷に浸る。

人間を癒してくれたのも、先頭切って『そろそろごはんにしよ？』と求め始めたのも、犬明家の食いしん坊のアイドルだった。


「ホント、素敵な店だね。昇さんがもう一度行きたくなったのも判るよ」

窓辺の席で吹き抜けの高い天井を仰いだ春は、思わず感嘆の息をついた。

犬明が以前、編集に誘われて行き、気に入ったというイタリアンレストランだ。

まだ料理も注文しないうちからレストランで言う言葉ではないかもしれないけれど、雰囲気だけですでに圧倒される。

華美ではないのにエレガント。インテリアの質感や色彩感覚が、どことなく犬明のマンションにも似ている。暗褐色の銘木の放つ落ち着きに、差し色のアート。ビルの高層階にあり、窓辺の席からの夜景も美しい。

ただでさえ背筋の伸びる春は、もう一組の連れが店に現れるとピンとなった。

硬直したまま、隣の男に向けて呟く。

「本当に本屋敷平先生、来ちゃったよ」

「そりゃあ、呼んだからね」

スクエアの四人掛けテーブルで、犬明はコーナーを挟んだ隣席に座っていた。店員に案内されてくる二人に向け、片手をひらりと上げる。

晶川と、小説家の本屋敷平だ。

発端は一週間ほど前、犬明が「君との関係を話せる相手くらい俺にもいるから、今度一緒に食事をしよう」と言い出した。秘密にするほど後ろ暗い関係ではないと証明したかったのかもしれない。

相手が晶川で驚いた。

晶川の恋人は本屋敷平と聞かされ、さらに心臓が止まりそうなほどに。

「犬明先生、ディナーのお誘いありがとうございます」

「はは、そんなに畏《かしこ》まらないで。晶川くん、今夜はくれぐれもプライベートモードで頼むよ」

にこやかな挨拶を晶川は交わすも、確かに先月会ったときと変わらない雰囲気だ。

ラフな空気になりづらいのは、面子《メンツ》のためながら服装のせいでもある。仕事帰りらしい晶川はスーツ姿で、犬明と春はノーネクタイながら小綺麗《こぎれい》なジャケットにパンツ。

本屋敷だけが、ボタンすらきっちり留めていない白シャツに黒のパンツだ。『どうにか宥めすかして襟つきのシャツで来させました』という格好ながら、作家とは思えない野性味のある男は着崩し加減が妙に嵌《はま》っている。

「初めまして、高槻《たかつき》春と申します。お会いできて嬉しいです」

軽く立ち上がっての気の張る挨拶には、「どうも」とだけ返ってきた。

かつては本屋敷も雑誌のインタビュー程度は受けていたので、写真で顔は知っている。

なんとなく仏頂面で強面《こわもて》な感じの先生だなと思っていたけれど、実際に会ってもどうやら『仏頂面で強面の先生』だ。

春とそう変わらない年齢のはずが、威圧感はたっぷり。

「昇さん、よく来てもらえたね」

つい小声で言った。

「簡単だよ。僕が晶川くんを食事に誘えば、彼は放っておかないに決まっているからね」

犬明は余裕の笑みだ。駆け引きの勝利か。席につく本屋敷の男らしい黒眉がピクリとなり、春の向かいに座った晶川は戸惑いを滲ませつつ言った。

「いや、お二人がそうだとは、全然気がつかなくて……」

「じゃあ、改めて紹介するよ。僕の大切な恋人で、優秀なアシスタントでもある高槻春くん」

『優秀』なんて、明らかに褒めすぎの犬明らしい紹介に春はまごつく。身内や恋人だろうと、人を称えることに躊躇いのない男だ。

食事は四人とも季節のコースを選び、ワインは犬明のオススメの赤にした。緊張を解《ほぐ》すには、美味しい料理はなによりの緩和剤だ。

運ばれてくる目にも嬉しい料理の数々は、アミューズの一品から心が躍った。

「そういえば、本屋敷くんは今日は仕事は大丈夫だったの？　いつも忙しそうだけど」

食事が進むと、犬明が何気ない問いを繰り出し、向かいの男がチラと目線を返す。

「忙しい。今日も締切だった」

和んだ空気に一瞬で緊張が漲った。晶川に至っては、一人凍りついたと言ってもいい。

犬明と目が合うと「僕のところじゃありません」と棒読みで告げ、「ちょっととっ」と楽屋裏にでも連れ出すように本屋敷の白いシャツの袖を引っ張る。

「泰良《たいら》っ、どういうことだよ？　今日は大丈夫だって言ったじゃないかっ⁉」

「こうやってメシ食えてんだし、大丈夫だろ。一日二日遅れたところで死ぬわけじゃあるまいし、本気でヤバけりゃ電話ぐらいかかってくるさ……あ、携帯忘れてるわ」

「泰良っっ‼」

人が小声で全力で叫ぶところを初めて見た。小さくとも怒気は迸るもので、本屋敷と話すときの晶川は、なんだかこれまでのクールな印象と違った。

恋人同士の甘い空気とも、まるで方向性が違って感じられるけれど。本当にこの二人は付き合っているのだろうかなんて、疑いも芽生える。

春は芽キャベツを口に運ぼうとしたフォークを宙に浮かせたまま時を止め、笑いを堪える犬明は肩を震わせていた。

「いや……相変わらずだねぇ、本屋敷くんは。ああ、そういえば前から訊いてみたいと思っていたんだった。本屋敷くん、締切ってのはどうやったらそんなに簡単に破れるんだ？」

気を取り直したような澄まし顔でワインを傾けた晶川は、噎《せ》せて咳き込んだ。

受難もいいところだろう。問われた当の男は、むっとしつつも平然と応える。

「俺にケンカ売ってんのか？」

「まさか。向学のために知りたいと思ってね。僕にはどうにも真似できないから、コツでもあるとか？」

晶川が語気も荒く口を挟む。

「そんなの真似しないでください。犬明先生が仕事ぶりで学ぶところは、どこも、なに一つ、ありません！」

「まぁ、正直好奇心からだけどね」

犬明はついに笑い出し、本屋敷は黙々と食事を続けた。

「もしかして、あれかな？　晶川くんの気を引きたくて無意識にやってるとか……デキの悪い子ほどなんとやらって言うだろう？　原稿が終わらないって言えば、彼はどんなときでも君の元に飛んで行くわけだし」

再び晶川は噎せそうになり、せっかくのワインも味わうどころではない。

「そんな理由で原稿を落とすわけねぇだろうが」

「判らないよ？　なにしろ君は、奥鬼怒まで晶川くんを追ってくるほど情熱的な男だからね。まぁ、おかげで僕は驚いて滑って転んで……彼と出会えたわけだけども？」

対照的な二人の弾む会話に耳を傾けつつ、傍観者に徹していた春は「えっ」となる。視線を送られたからだけでなく、気になっていた怪我の原因にだったからだ。

本当に犬明と晶川との間になにかがあったわけではなかったのか。

それにしても、この仏頂面の小説家先生が東京《とうきょう》から遥々追いかける姿は想像できない。

ろくに飲めてもいないワインにもかかわらず、晶川の頬がほんのりと色づいている。

「さっきからゴチャゴチャと……やっぱケンカ売ってるだろう、あんた？」

犬明は好戦的というより、話したがらない男の口を開かせる方法を知っているに違いない。

「違うなら反論どうぞ」

「日記を書くのとはわけが違うからな、俺だって思うように進まないときもある」

復活以前の数年間の落としまくりの執筆活動を思うと、作品への深い迷いや拘りがあるのかもしれない。実際、粗暴どころか繊細なところのある本屋敷平の作風だ。

人は見た目に寄らないものだと納得しかけ、急に饒舌《じょうぜつ》になった男は続けた。

「集中してる時に限ってジャマをされる」

「邪魔？」

「メシの催促とかトイレの始末とか、膝に乗られたりそのまま丸まられたり、複数に乗られると仕事にならねぇから仕方なくちょっと横になるだろ？　そうすると強烈な睡魔に襲われて、猫に包囲されたまま縁側で数時間が経ってる」

　執筆の妨げになるものは、なにかと思えば猫。しかも昼寝。場所も縁側とは元から寝る気満々、むしろ猫待ちの様相すら呈している。

　それで度々原稿を落とすところまで行きつくのなら、『恋人の美貌の編集者の気を引きたくて』のほうがまだ可愛げがあるくらいだ。

「なるほど。理解した」

　犬明の頷きに、すかさず晶川が突っ込んだ。

「いや、理解しなくていいですからっ！」

「まぁ、笑えないけどね。そうやって猫と昼寝のしわ寄せが巡り巡って、ほかの作家にまで波及して、たとえば締切を死守した僕の原稿が担当編集者にすぐに見てもらえずに後回しにされたりするわけだ。猫を飼っている作家の火急の原稿のためにね」

　なにか思い起こすことでもあったのか、犬明は懐かしむように店内に視線を巡らせ、薄い笑いを浮かべた。

「罪深いものだねぇ、猫は」

完全無欠の小説家先生も他人事《ひとごと》ではなかった。

犬明も子猫を抱いてソファで寝落ちし、朝はベッドで危うく三度寝。あれほど美しい生活がモットーの男が、規律を無視して昼まで寝ようとするなど、小さな悪魔に魂を売り渡したか洗脳でもされたかのようだった。

「そ、そういえば先生のところの子猫は……」

晶川がおそるおそる問う。

「ああ、もういないよ。拾った人が自分で飼うことになってね」

リーが剛琉の元に戻って半月ほどになる。

正直、しばらくは寂しかった。今でもちょっと寂しい。けれど、心配だったベスもすぐに元気を取り戻し、今は大好きな主人の愛情を独り占めしてゴキゲンだ。

朝は犬の散歩にジョギング。執筆作業が主な日は午前中から夕方にかけて書斎に籠り、ディナーは美食にワイン。ときには手料理を振る舞い、夜はベッドでもその器用さを発揮する――

近頃のルーチンを夜までしっかり思い返してしまい、グラスワイン半分で酔ったかのように頬を染める春は、本屋敷の声に我に返った。

「子猫って？」

初めて仏頂面の小説家先生のほうから会話に興味を示した。

「里親探しをしている猫を、しばらくうちで預かってたんだ。写真見る？　スマホにたくさん

「……ああ、この写真がいいな」

どの写真だって可愛く写っていたと思うけれど、スマホを取り出した犬明はスワイプを続ける指を止め、本屋敷に手渡す。

猫話にはやけに積極的な男は、受け取ったスマホを見ると急に興醒《きょうざ》めした反応になった。

「……へぇ」

「子猫の写真なんて、猫屋敷先生に見せないでください。泰良、もうこれ以上猫は……」

晶川も隣から身を乗り出して覗き込むも、同じく予想外のものでも見せられたかのような表情になる。

変顔のリーでも見せたのか、チャームポイントのお尻のブチが不評か。

「どう？　どちらも可愛くて、甲乙つけがたいだろう？」

ヒントでも出すみたいに犬明が言う。

まさか二匹。愛すべきゴールデンレトリバーのベスが不興を買ったというのか。そわそわする春に本屋敷が気づいて、「ほら」とスマホを渡してくれた。

画面に映し出されていたのは、輝く被毛が自慢の大型犬ではない。ふかふかの枕に頬を埋めて安らかに眠る春と、腕にすっぽり収まるリーの姿だ。

こんな写真、撮られたことも気がついていなかった。幸いパジャマは着ているものの、犬明の寝室のベッドだ。

春はスマホを握り締めたまま微動だにせず、晶川が編集者の顔に戻って言った。

「とりあえず、先生のところの子猫は引き取られたなら、原稿はもう安心ですね」

犬明は笑って答える。

惚気《のろけ》の続きを、危うい言葉にした。

「どうだろうね。僕の一番可愛い猫は今も傍にいるからね」

あとがき

皆さま、こんにちは。はじめましての方には、はじめまして。

動物病院の待合室に犬がいると、『話せる犬かしら？』とそわそわし始めます。嬉しげにしっぽを振られようものなら、『相思相愛！』と鼻息を荒くしつつ、無害な人間であるのをアピール（犬にも人にも）、涼しい顔をして「可愛いワンちゃんですね」などと飼い主さんに言ってみたりします。運がよければ、ひとときのロマンス（犬との）の始まりです。

私はそんな犬も好きな猫飼いなので、ゴールデンレトリバーのベスも登場の犬明の話を楽しんで書かせていただきました。

「猫屋敷先生と縁側の編集者」のまさかの番外編です！　犬明は番外編に好んで書きそうなキャラながら、なにも考えてはいませんでした。前作を書き終えてから、『犬明が惚れるとしたらどんな子かな？』と考えるうち、ふつふつと形にしたい欲が。

本屋敷のような傍若無人と見せかけて不器用な攻も好きですが、人当たりのいい一見八方美人な攻も好きなので形にできて嬉しいです。お相手は片思いを拗《こじ》らせた、ちょっと危なっかしい春になりました。同居人かつ恋人として、ベスとも仲良くやってるようです。

さて、前回は『猫を飼っている作家は原稿が遅い』という自虐としか思えない持論で展開したお話でしたが、今回は真逆の犬を飼っていて原稿の早い作家です。そんな『早い、上手い、面白い！　なにより売れる！』なんて三拍子も四拍子も揃った作家とはかけ離れた私は、前作とは別の意味で悩みました。ある意味、本当の自虐かもしれません。

身を削って書いている気がしないでもない、猫屋敷先生と仲間たち。犬明と春の恋模様はいかがでしたでしょうか？　雨降って地固まる。ただでさえ恋人に甘い犬明なので、今後は春と溺愛系カップルになっていくと思います。

笠井《かさい》先生、前作に引き続きありがとうございます！　雑誌掲載の本編では初登場の春とベス（のイラスト）にときめいていました。犬明はギプスをしていてもハンサムで、『こんなにギプスをカッコよくつけこなせる人はいまい！』と鼻息を荒くしたものです。今回、二人のその後を笠井先生のイラストで想像しながら書くのは、楽しくとても幸せな作業でした。

この本に関わってくださった皆さま、ありがとうございます。作中のキャラとは掠りもしないノロマな物書きの私ですが、キャラさんでの本も五冊目になります。五冊で喜ぶ、低次元な私！　犬明どころかベスにも笑われそうですが、それぞれ思い入れのある作品で、またこうして一冊にまとめていただき嬉しいです。

読んでくださった皆さまにも、どうか楽しんでもらえる一冊になっていますように！

２０２０年７月　　　　　　　　　　砂原糖子。

この本を読んでのご意見、ご感想を編集部までお寄せください。

《あて先》〒141-8202 東京都品川区上大崎3-1-1 徳間書店 キャラ編集部気付
「小説家先生の犬と春」係

【読者アンケートフォーム】

QRコードより作品の感想・アンケートをお送り頂けます。

Chara公式サイト http://www.chara-info.net/

■**初出一覧**

小説家先生の犬と春……小説Chara vol.39（2019年1月号増刊）

小説家先生の犬と猫……書き下ろし

小説家先生の犬と春

……【キャラ文庫】

2020年8月31日　初刷

著者　砂原糖子

発行者　松下俊也

発行所　株式会社徳間書店

〒141-8202　東京都品川区上大崎3-1-1

電話　049-293-5521（販売部）

03-5403-4348（編集部）

振替　00140-0-44392

印刷・製本　図書印刷株式会社

カバー・口絵　近代美術株式会社

デザイン　おおの蛍（ムシカゴグラフィクス）

ISBN978-4-19-901002-6